# 화염의 탑

炎の塔 / 古川薫 - 文藝春秋社



화염의 탑 2 (큰글씨책)

초판 1쇄 발행 2018년 1월 30일

지은이 후루카와 가오루
옮긴이 조정민
펴낸이 강수걸
편집장 권경옥
펴낸곳 산지니
등록 2005년 2월 7일 제 333-3370000251002005000001호
주소 부산광역시 해운대구 수영강변대로 140 BCC 613호
전화 051-504-7070 | 팩스 051-507-7543
홈페이지 www.sanzinibook.com
전자우편 sanzini@sanzinibook.com
블로그 http://sanzinibook.tistory.com

ISBN 978-89-6545-482-3 04830
978-89-6545-480-9 (세트)

* 책값은 뒤표지에 있습니다.
* 이 도서의 국립중앙도서관 출판예정도서목록(CIP)은 서지정보유통지원시스템 홈페이지(http://seoji.nl.go.kr)와 국가자료공동목록시스템(http://www.nl.go.kr/kolisnet)에서 이용하실 수 있습니다.(CIP제어번호: CIP2018000412)

큰글씨책

# 화염의 탑 2

— 소설 오우치 요시히로 —

후루카와 가오루 지음
조정민 옮김

산지니

* **오우치 요시히로**(大内義弘)

남북조(南北朝) · 무로마치(室町) 전기의 무장. 규슈(九州) · 주고쿠(中國)에 세력을 넓혀 스오(周防) · 나가토(長門) · 부젠(豊前) · 이와미(石見)의 슈고(守護, 일본 봉건 시대의 지방관)가 되었다. 또한 '메이토쿠의 난(明德の亂)'에서 공을 인정받아 이즈미(和泉) · 기이(紀伊)의 슈고까지 겸하게 되었고, 남북조 통일에도 공을 세웠다. 조선과 교역을 하기도 했다. 쇼군 아시카가 요시미쓰(足利義滿)와 맞서 싸우다 토벌당하고 사카이(堺)에서 전사하였다.(오에이의 난應永の亂)

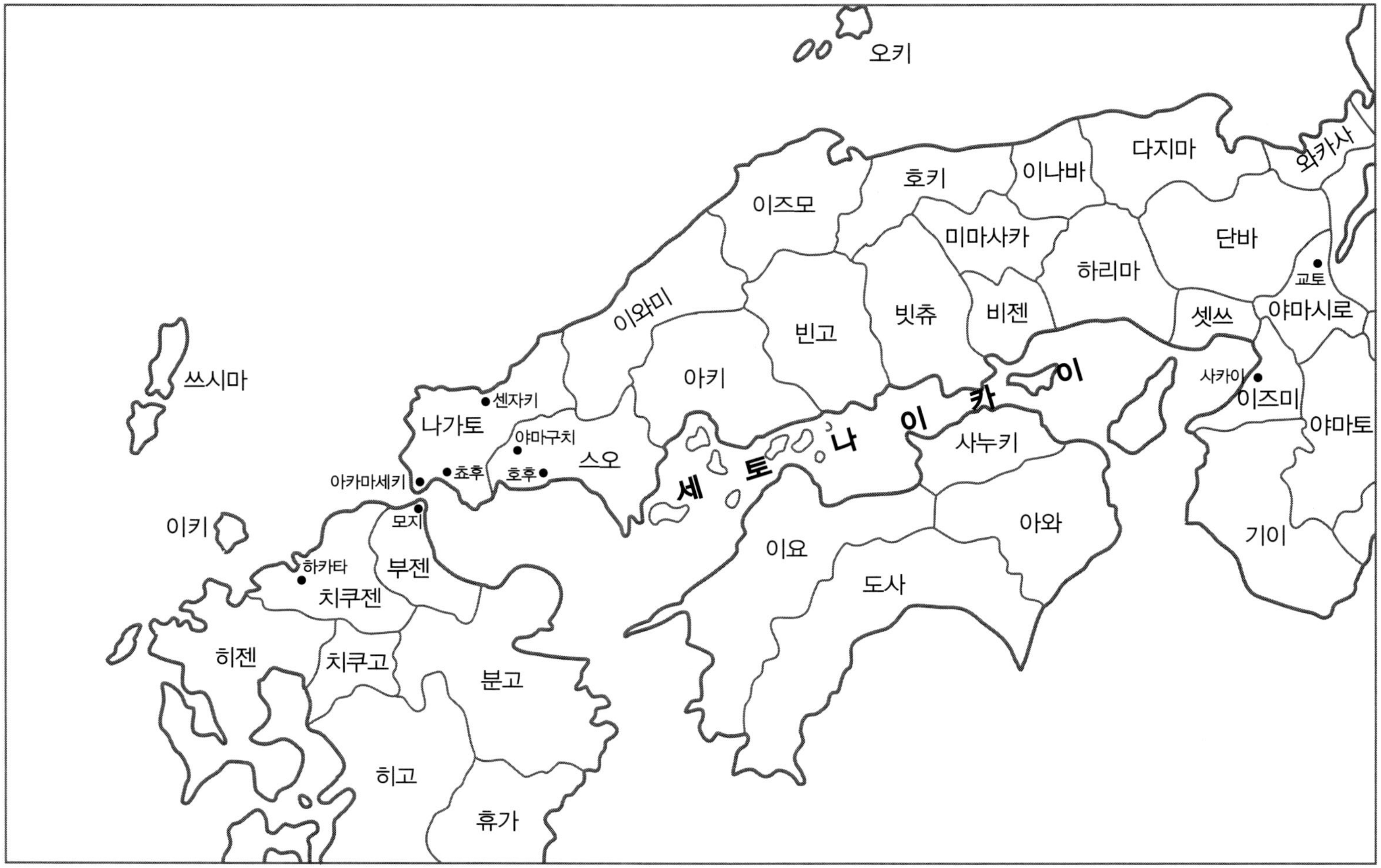
오키
다지마
와카사
이나바
호키
이즈모
미마사카
단바
교토
하리마
비젠
빗츄
빈고
셋쓰
야마시로
이와미
아키
사카이
이즈미
야마토
쓰시마
센자키
나가토
야마구치
스오
세 토 나 이 카 이
사누키
아카마세키
쵸후
호후
모지
이키
하카타
부젠
치쿠젠
아와
이요
도사
기이
히젠
치쿠고
분고
히고
휴가

# 차례

# 나의 선조는 백제 왕족

메이토쿠 원년(1390년) 12월 말, 한 중장의 저택에서 연말 모임이 열렸다. 생각지도 않았는데 요시히로도 초대받아 참석하게 되었다.

연회가 끝날 무렵, 돌연 한 귀족이 요시히로에게 큰소리로 물었다.

"그런데 요시히로 도노의 가문은 겐지(源氏)인가 헤이시(平氏)인가?"

일순간 주변이 조용해졌다.

교토의 다이묘 대부분은 자칭 세이와겐지(清和源氏, 제56대 세이와천황의 황손)나 간무헤이시(桓武平氏, 간무천황의 황손)와 유대를 가져 온 자들이다. 5, 6대 이전의 선조들까지는 알 수 있을지 몰라도, 그 앞의 일에 대해서는 확실하게 알 수 없는 가문도 적지 않다. 어디서 굴러먹던 말 뼈다귀 취급을 받지 않으려면 얼렁뚱땅 가계도를 만들어 겐지나 헤이시 가운데 하나를 택해야 한다.

돈도 없고 권력도 없는 귀족들에게 내세울 거라고는 유서 깊은 혈통과 교양 정도뿐이다. 이들은 겨우 혈통 같은 것으로 은근히 무사들을 무시한다. 아시카가 쇼군은 겐지 쪽 귀족의 피를 이어받은 자로서 조정 쪽과 대항하고 있었으며, 다이묘들도 각각 겐지나 헤이시 중 어느 한쪽을 선조라고 주장하고 있었다.

여러 사람 앞에서 오우치의 가문에 대해 질문한 데는 다분히 악의적인 의도가 포함되어 있다고 보는 게 맞을 것이다. 시골 어정뱅이가 선조에 대해 알 리 만무하고, 답한다고 해도 뻔한 대답일 것임이 분명했기에, 모두들 비웃는 태도를 억지로 숨기며 요시히로의 답을 기다리고 있었다. 이 자리에 요시히로를 초대한 것도 시골 다이묘의 정체를 파헤치기 위한 공가들의 장난인지도 모른다. 요시히로는 이러한 분위기를 어렴풋이 파악했다.

"저의 선조는 백제의 왕족입니다."

요시히로는 큰소리로 답했다.

"오호, 백제의 자손인가."

모두 놀란 듯했다.

"오우치씨는 원래 백제의 시조인 고(高)씨 자손입니다. 미타지리의 다타라 해변에 상륙한 고씨가 정착해 만든 가문이지요. 그래서 다타라(多多良) 성을 쓰기도 합니다."

"호오……."

짧은 탄식이 나올 뿐, 더는 묻고자 하는 이가 없었다. 백제 왕족의 피를 이어받은 자라는 요시히로의 대답에 허를 찔린 것이다.

이 일화는 이후, 교토에 널리 알려져 오우치씨에 대한 귀족들의 시선이 달라지는 계기가 되었다. 이방인을 대하듯 기분 나쁜 눈초리로 보는 이가 있는가 하면, 존경의 뜻으로 보는 이도 있었다.

당시 일본인에게 있어서 조선왕국은 선진문화국가로 인식되고 있었다. 세간에 나돌고 있는 그림을 비롯하여 도자기 등은 귀족들 사이에서도 귀중한 문물로 다루어지고 있었던 것이다.

요시히로의 입에서 의외의 대답이 나온 셈이지만, 그렇다고 그가 생각 없이 답한 것만은 아니었다. 혈통에 대해서는 어릴 때부터 몇 번이나 들어 왔던 것이 사실이다. 요시히로는 고향으로 돌아간 뒤, 사실관계를 확인하기 위해 이 방면에 밝은 가신에게 자세한 혈통의 유래를 성문화하도록 명령했다.

오우치씨의 『다타라씨족보(多多良氏譜諜)』는 오우치 조상의 위패를 모시는 절 고유지(興隆寺)에 전해지는 것으로, 조선반도로부터 들어와 전승되어 왔다. 족보에는 다음과 같이 기록되어 있다.

스이코(推古) 천황 17년(609년), 스오국 쓰노군와시즈노쇼아오야기우라(都濃郡鷲頭庄青柳浦)에 북극성이 내려와 삼년 후 백제왕국 성명왕의 셋째 왕자인 임성태자가 일본으로 건너올 것을 알렸다.

예고대로 임성태자는 쇼토쿠타이시(聖德太子)에 대한 존경의 뜻을 담아 일본 스오국 다타라 해변에 도착했다. 상경하여 쇼토쿠타이시를 만나고 스오국의 땅과 다다라 성을 하사받았다. 이후 자손은 연면히 이어졌다.

백제 멸망 때 우호관계에 있던 일본은 원군을 반도에 보냈다. 백강전투에서 패한 일본군이 일본으로 돌아올 때, 이들은 망명한 백제 병사 약 이천 명과 함께 이동했다. 스오 일대에는 토착한 백제인이 많다는 사실도 확인되고 있다. 오우치씨의 선조는 이 망명 백제인이 아닌가 하고 추정하는 설이 있다.

다타라(지금의 야마구치 현 호후防府 시)를 발상지로 하는 오우치씨는 어느새 스오국의 재청관인이 되었고 이윽고 무사화되어 아시카가 다카우지의 무로마치 막부가 발족하자 북조세력에 가담하며 먼저 스오국의 슈고가 되었다. 인근의 나가토국 슈고인 고토씨를 멸망시키고 스오 · 나가토를 통일하여 양쪽의 슈고를 겸하기도 했다.

후세에 요시히로를 임성태자 25대손으로 기록한 가계도가 남겨졌다. 가계도가 복수로 존재하기에 확정할 수는 없으나 어찌됐든 오우치씨가 백제 왕족의 혈맥이라고 일관되게 주장한 것은 요시히로 때부터였다.

# 니죠오미야二條大宮 전투

메이토쿠 2년(1391년) 가을, 요시히로가 쇼군 요시미쓰의 권유로 상경한 뒤 약 2년이 지났을 즈음이다.

말 그대로 호의호식하는 생활이 이어지고 있었다. 세월은 참으로 빨리 지나갔다. 게다가 산죠 긴후사의 질녀 유키히메와 관계를 가지기 시작한 후의 1년은 마치 꿈같은 나날들이었다.

당시 요시히로는 36세, 유키는 24세였다. 처음에는 어쩐지 꼬임에 빠지는 것 같아 의심이 들기도 했다. 정사의 덫에 걸리는 줄 알면서도 배짱 좋게 한번 놀아 줄 셈이었지만 언제부턴가 진심으로 깊이 빠져든 것 같았다. 유키히메는 기품이 넘치고 세련된 아름다움을 가지고 있으면서도, 내면에는 격한 욕정을 감추고 있었다. 그런 모습이 요시히로를 사로잡았던 것이다.

열여섯에 처음 전장에 나간 이후, 지금까지 대부분의 세월을 전장에서 보낸 무장에게 쾌락이라는 것을 처음으로 가르쳐 준 여성이 바로 유키히메였다. 쾌활하고 총명해서 오우치의 여자로서 나무랄 데 없는 미쓰와는 전혀 다른 부분—남자를 유혹하는 마성과 같은 것—이 유키히메에게는 있었다.

사랑에 취해 정신을 잃은 요시히로는 마치 배불리 먹고 난 뒤 눈이 풀린 사람 같았다. 그러나 세상은 그리 평온하지 않았다. 도라지꽃이 흐드러지게 핀 하나노 고쇼에 조금은 피곤해진 발걸음으로 요시히로가 나타난 것은 10월이 끝날 무렵이었다. 요시미쓰의 갑작스런 부름 때문이었다.

"재미있게 잘 지낸다 들었소."

요시미쓰는 비아냥을 섞은 웃음을 보였다. 유키히메와의 관계를 익히 알고 있는 듯했다. 궁색한 대답을 찾고 있는 가운데, 요시미쓰가 어조를 바꾸어 말했다.

"오우치 도노가 교토에 데려온 부하는 몇이나 되는가."

"오십 명 정도입니다."

"적은 숫자로군."

나무라는 투로 중얼거리며 시선을 정원으로 옮겼다.

"전투가 있습니까?"

"아직 알 수는 없으나 소문이 사실이라면 교토가 공격당할지도 모르오."

요시미쓰의 시선은 아직 밝은 햇빛을 담은 정원 쪽에 머물러 있었다.

"상대는 누구입니까?"

"아직 모르고 있는가? 야마나다."

요시미쓰는 천천히 시선을 요시히로 쪽으로 옮겼다. 그리고 섬뜩할 정도로 엷은 웃음을 보이며 말했다.

"호소가와, 아카마쓰, 잇시키 등은 이미 은밀하게 준비를 하고 있소. 오우치도 막부를 위해 일할 생각이라면 적당한 방법을 강구해야 할 것이오."

"……."

"야마나는 이즈모(出雲)에서도 제멋대로 날뛰고 있지 않은가. 오우치의 이와미 영토도 마냥 방치해 둔다면 큰일이 일어날 것이오. 싸워야 한다면 바로 지금이오. 아시카가를 위해 싸운다고 생각해서는 아니 되오. 자신을 위해서요. 자신을……."

"야마구치에서 병사를 부를 시간적 여유는 있습니까?"

"있을 수도 있고, 없을 수도 있소."

요시미쓰는 고약하게 웃어 보이며 말했다. 이는 아직 충분히 시간이 있다는 의미일 것이다.

요시히로는 하나노 고쇼에서 나와 서둘러 집으로 돌아갔다. 히라이 미치스케는 오백 명의 군사를 이끌고 당장 상경할 것, 이라는 요시히로의 명을 전하기 위해 급사가 파견되었다.

'천 명, 아니 이천 명?' 하고 생각해 보았지만, 한층 적은 수인 오백 명으로 결정한 데에는 나름의 이유가 있었다. 대군을 파견하면 자연히 오우치가 주 전력으로 나서야 할 것이다. 서국 세력의 전투를 구경거리로 만들어서는 안 된다. 오히려 쇼군 휘하에서 여러 무장들이 분전하는 모습을 구경하고 싶었다. 하지만 전쟁이라는 소리를 듣자마자 요시히로의 야성은 완전히 되살아났다.

'그건 그렇고, 이런 괘씸한 효에 녀석!'

요시히로는 생각했다. 호소가와가 전투 태세를 갖추고 있다면 그의 가신인 효에가 이 사정을 모를 리 없다. 모를 리 없을 뿐만 아니라 중책을 맡아 동분서주하고 있을 것이다. 자신이 직접 올 수 없다면 누군가를 시켜서라도 사태를 알려줄 수 있는 법. 산죠가의 처치 곤란한 여자를 요시히로에게 넘기는 데 나선 이후, 그것으로 모든 일이 끝났다고 생각했다면 참으로 무성의한 사람이다. 지금에 와서야 비로소 화가 치밀어 올랐다.

'하지만 유키히메와 가까워지게 만들어 준 것은 고마운 일이다.'

효에에게 감사 인사를 할 마음도 있기는 했다. 야마구치로 사자를 보낸 뒤, 요시히로는 한동안 불안하게 지냈다. 요시히로의 마음을 읽었는지 느닷없이 효에가 찾아왔다.

"왜 알려 주지 않았는가?"

"모처럼의 재미를 방해하는 건 도리가 아니라고 생각해서……."

이렇게 말하며 효에는 웃었지만 밋밋하고 흰 얼굴이 검게 그을린 걸 보니 분주하게 뛰어다닌 모양이다.

"전쟁은 아직 좀 더 있어야 합니다."

그런 태평한 소리마저 했다.

"야마나와 쇼군의 사이는 매우 험악하구나."

"그건 쇼군께서 일부러 그런 사이로 만들려고 꾸몄기 때문이지요. 좌우간 육분일중(六分一衆, 전국 66개 나라 가운데 11개 나라의 슈고직을 가지고 있어 6분의 1 도노六分の一殿라 불렸다)이 지나치게 강대해져서 눈엣가시가 된 것으로, 이는 도키의 경우와 마찬가지……, 이렇게 말씀드리면 모두 아시겠지요?"

"도키를 처리한 다음에는 야마나를 목표로 할 거라고 미리 정해 둔 게로군."

"오우치 도노도 너무 강해져서는 안 됩니다."

"시골 슈고가 아무리 노력한들 한계가 있지. 그럴 리 없으니 안심하시게."

"그런 편이 좋습니다."

당시 산인(山陰)의 강호 야마나씨는 단바(丹波), 단고(丹後), 이나바(因幡), 호키(伯耆), 이즈모, 오키(隱岐)와 더불어 빈고(備後), 미마사카(美作)와 산요(山陽)에도 세력을 넓혀 다지마(但馬), 이즈미(和泉), 기이(紀伊)를 손에 넣어 산인, 산요 양 지역에 11개 나라의 슈고직을 거머쥐고 있었다. 전국 66개 나라 가운데 6분의 1에 해당하는 나라를 지휘하고 있었기 때문에 육분일중이라 불렸으며, 막부를 위협할 정도로 그 세력을 자랑하고 있었다. 요시미쓰는 일찍부터 야마나씨의 세력을 와해시킬 계략을 품고 있었던 것이다.

요시히로가 상경한 직후인 고오 원년(1389년) 5월, 종가 야마나 도키요시(山名時義)가 사망했다. 야마나씨에 대한 요시미쓰의 노골적인 공격은 이때부터 시작되었다.

메이도쿠 2년(1391년)이 되자 요시미쓰는 먼저 폐위한 천황 소유의 이즈모국 요코타쇼(横田庄)를 압령한 죄로 야마나 미쓰유키(山名滿幸)를 교토에서 추방하였다. 한편, 같은 야마나 일족인 도키히로(時熙) · 우지유키(氏幸)의 죄는 사면해 주었다. 이 두 사람은 도키요시의 아들이다. 도키요시가 생전에 쇼군을 소홀하게 대했다는 이유로, 도키요시와 사이가 나쁘던 우지키요(氏淸)와 미쓰유키에게 두 아들을 죽이라고 명령했던 것이다.

손바닥을 뒤집듯이 이번에는 도키히로와 우지유키를 자신의 편으로 끌어들이고 미쓰유키를 추방하는 형국이 되었다. 이는 일족의 분열을 목표로 한 것이었다. 요시미쓰의 생각대로 야마나 일족은 이해관계에 따라 여러 갈래로 분열하고 대립했다. 쇼군 요시미쓰의 음흉한 책략을 미쓰유키는 꿰뚫어보고 있었다. 그래서 우지키요에게 충고했다.

"쇼군은 야마나 일족을 멸망시킬 작정이오. 우리는 단결하여 병사를 이끌고 교토를 공격해야 하오."

육분일중이 단결을 다진다면 쇼군은 위험에 처할지도 모른다.

그러나 야마나 일족의 단결은 쉽지 않았다. 오히려 우지키요 등을 배반하고 쇼군 편에 서려는 사람까지 생겨났다. 결국 우지키요, 미쓰유키 두 사람은 막부에 반기를 들었다.

"이 부자(父子)는 정말로 교토를 공격해 올까?"

요시히로는 아무래도 믿을 수 없다는 표정을 지었다. 쇼군 아래 여러 무장들이 한데 모여 있는 교토를 공격하는 것은 승산이 없는 일인데 어찌 전쟁을 벌일 수 있단 말인가?

"어차피 막부로부터 공격당해 멸망하고 말 것이라면, 먼저 싸움을 벌이고 전사하는 것이 무사의 본분 아니겠습니까?"

효에가 명쾌하게 말했다.

"본분이라……."

요시히로는 아직 충분히 납득할 수가 없었다.

"우지키요는 이즈미로부터, 미쓰유키는 단바로부터 병사를 이끌고 교토로 올라온다고 합니다만, 아직 좀 더 있어야겠지요."

"야마나의 세력은 어느 정도인가?"

"그것은 알 수 없습니다. 도키의 잔당도 포함하여 야마나 측에 예상 외의 인원이 모인다면 막부도 안심할 수만은 없습니다. 지금이라도 화해를 하는 것이 좋다고 쇼군을 설득하는 자도 있다고 합니다."

쇼군도 우지키요 세력을 결코 얕보고 있지는 않았다. 그러나 어찌됐든 요시미쓰는 야마나와 전쟁을 피할 수 없는 이상, 그들이 교토를 공격해 온다면 응수해 주겠다고 각오를 다지고 있었다.

"우리의 운과 야마나의 운, 모두 하늘에 맡겨야 할 것."

화해를 주장하는 자에게 요시미쓰는 이렇게 답했다.

"그렇다고는 하지만 쇼군이 패할 일은 없을 것입니다. 오우치 도노도 야마나와 싸우는 진영에 참가하시는지요?"

"쇼군으로부터 오늘 이야기를 들었다. 교토를 지키는 것은 당연한 일이기에 병사를 불렀지."

"군사를 얼마나 불렀습니까?"

"오백 명."

"오백 명?"

"많다는 뜻인가?"

"그 반대입니다."

"예전에 이마가와 도노로부터 규슈 출병을 부탁받았을 때, 우리 오우치가에서는 사천 명의 병사가 참가했지. 지금도 그 정도의 군사는 움직일 수 있으나 규슈라면 병사를 자국으로 금방 되돌릴 수 있지만 교토는 그렇지 않다. 병사들의 공백을 틈타 공격당한다면 어떻게 되겠는가? 오우치는 영토를 잃게 되고 말 것이다. 교토에 오백 명의 군사를 보내는 것은 규슈에 사천 명을 보내는 것에 필적하는 일이다. 게다가 이 오백 명은 특별히 날래고 용맹한 자들로만 구성되어 있어."

"역시, 그러했군요."

"그리고 효에. 교토를 지키고 있는 것은 자네가 모시고 있는 호소가와 도노를 비롯하여 잇시키, 아카마쓰, 롯카쿠(六角), 하타케야마(畠山), 시바(斯波), 교고쿠(京極) 등 쟁쟁한 분들이 아닌가. 시골에서 막 올라온 오우치가 삼천, 사천이나 병사를 데리고 와서 여봐란 듯이 나대는 것도 볼썽사납지 않겠나. 자네가 말한 것처럼 처음부터 이길 걸 알고 시작하는 싸움이라면, 운을 하늘의 뜻에 맡긴다거나 자신이 없다고 말하는 것 역시 쇼군의 책략 아니겠는가. 야마나가 교토를 공격해 오도록 덫을 놓고 있다고밖에 생각되지 않네."

"……."

"호소가와 도노가 오우치의 상황에 대해 묻거든 지금과 같이 대답하도록 하게."

"알겠습니다."

유키히메에게 마음을 빼앗긴 요시히로가 갑작스럽고 긴박한 상황을 맞아 당황하고 있지는 않을까 내심 비웃고 있던 효에는 몸을 움츠리며 고개를 끄덕이고는 도망치듯 집으로 돌아갔다. 효에가 호소가와의 명령을 받아 오우치의 상황을 살피러 온 것을 요시히로는 이미 눈치채고 있었다. 그것은 호소가와만이 아닐 것이다. 쇼군을 비롯하여 여러 무장들의 시선이 오우치씨에게 쏠려 있었다.

히라이 미치스케가 이끄는 병사 오백 명이 교토에 도착한 것은 메이토쿠 2년(1391년)이 저물어가던 12월 초순이었다.

"어서 오거라."

요시히로는 미치스케의 손을 잡으며 맞아들였다. 그리고는 심상치 않은 교토의 상황에 대해 설명했다.

"전쟁도 3년 만에 하게 되었습니다. 몸도 무뎌지고 말았지만, 이번엔 제대로 한번 해 보겠습니다."

"우리의 실력을 교토 사람들에게 보여 주자."

"주군의 용맹함을 쇼군께 보여 드릴 수 있는 좋은 기회입니다."

"쇼군께서 나를 교토로 부른 것은 이 일 때문인지도 모른다."

"일찍부터 야마나는 밉보이고 있었던 것입니까?"

"그렇다고 볼 수 있지."

"그런데 참으로 무서운 분이십니다……."

미치스케는 미간을 찌푸렸다. 이마의 주름이 이전보다 많아진 것 같았다. 그러나 오랜 세월 전장에서 다져진 강인한 몸은 조금도 빈틈이 없었다. 요시히로는 미치스케를 믿음직스럽게 바라보면서 말했다.

"전쟁은 좀 더 기다려야 할 것이야. 병사들을 충분히 쉬게 하도록. 자네도 좀 쉬는 게 좋겠다."

"그런데……."

웃음을 보이며 미치스케가 화제를 바꾸었다.

"미쓰히메 님께서 아주 쓸쓸해하십니다. 이미 삼 년이나 야마구치를 비우고 계십니다. 교토에 머무시는 게 그렇게 편하신가, 하고 저희들끼리도 이야기하고 있습니다."

"편하다기보다는……, 쇼군께서 보내 주시지 않아서이다."

요시히로는 아무렇지도 않게 대답할 셈이었지만 당황한 기색을 감출 수는 없었다.

"알고 있습니다."

미치스케는 호탕하게 웃어 보였다.

"전쟁이 끝나면 야마구치에 한번 가야겠구나."

요시히로는 이렇게 말하면서 문득 생각난 듯이 덧붙였다.

"이 몸이 무사하다면 말이다."

처음부터 목숨 걸고 야마나씨와 싸울 각오는 하지 않았다. 오우치의 실력을 교토 사람들에게 보여 주자고 미치스케에게 말했지만, 마음속으로는 '쇼군의 측근이라며 거만하게 굴고 시골 출신인 나에게는 눈길 한 번 주지 않는 호소가와, 잇시키와 같은 자들이야말로 목숨 걸고 싸워야만 한다. 얼마나 잘 싸우는지 구경이나 해 보자.' 하며 묘하게 비뚤어진 생각을 하고 있었다. 그렇지만 일단 전쟁이 시작되면 흥분하여 사지로 돌진할 자신의 성격을 알고 있었다.

'그때는 그렇게 하면 되는 것이고.'

오우치씨의 존재감을 알려 소기의 목적을 이루고자 하는 계산이 없는 것도 아니었다. 그러나 요시히로는 막부가 야마나씨를 토벌하는 데 별다른 관심이 없었고 그다지 깊이 관여하지 않는 태도를 취했다. 그런 자신을 돌아보며 여자 때문에 목숨이 아까워진 것인가, 하고 쓴웃음을 짓기도 했지만 결코 그런 것만은 아니었다.

유력한 슈고를 겨냥하여 제멋대로 공격하는 쇼군의 방식을 내심 혐오하며 그다지 내키지 않는 태도를 보이는 것은 요시히로뿐만이 아니었다. 싸움이 시작되면 각자의 생각은 전장에서 나타나게 되어 있다.

야마구치에서 병사들이 도착한 이후, 요시히로는 자연스레 바빠졌다. 유키히메에게 갈 수 있는 형편도 안 되었지만, 유키히메로부터도 아무런 연락이 없었다.

한겨울이다. 뼛속까지 시리도록 추운 교토에서 전쟁의 기운을 감지한 사람들은 불안한 듯 굳게 문을 잠그고 숨죽이며 살았다. 가재도구를 꾸리는 사람들의 모습도 보이기 시작했다.

"10월 15일 오시(낮 12시경)에 지진이 있었습니다." 하고 히라이 미치스케가 요시히로를 찾아왔다. 요시미쓰에게 불려가 출병을 요청받은 것은 10월 말이다. 그러고 보니 그 열흘 정도 전에 그런 일이 있었던 게 떠올랐다.

'유키히메가 비명을 지르며 매달렸었지.'

웃음이 배어 나오는 것을 참으며 "분명 땅이 흔들리는 일이 있었다." 하고 말했다.

"온묘노가미(陰陽頭, 음양도를 관장하던 관아의 장관)가 천황께 급히 달려가 75일 안에 군대가 어지러워질 거라고 말씀드렸다 합니다."

"정말인가?"

"마을에는 온통 그런 소문이 파다합니다."

미치스케는 부하들을 마을로 보내 지형을 살피게 하고 동정을 알아보도록 지시했다고 하며 지도를 펼쳤다.

"야마나가 쳐들어온다면 쇼군께선 어디에 진을 칠 계획이실

까요?"

"아직 모르겠다."

"군사회의는 아직입니까?"

"쇼군께선 아무런 말씀이 없으시다."

"태평하시군요. 온묘노가미의 말에 따르면 선달 그믐날 전쟁이 시작된다고 하는데 아직 군사회의도 하지 않으시다니 참으로 놀랄 일입니다."

"자네는 온묘노가미의 말을 믿는가?"

"믿든 안 믿든 그날을 염두에 두고 준비를 해 둔다면 좋지 않겠습니까?"

"온묘노가미의 말은 쇼군께도 전해졌을 것이다."

"물론이지요. 싸움은 하루 만에 끝이 날 것입니다. 고생은 하겠지만 결국에는 길사(吉事)로 끝난다고 합니다."

"흠."

고개를 끄덕이기는 했지만 요시히로는 이러한 예언을 그다지 믿지 않았다. 그러나 결과가 길사로 끝난다는 소리를 들으니 왠지 기분이 밝아지는 듯했다.

쇼군이 군사회의를 연 것은 12월 25일 밤이었다. 요청에 응한 여러 무장들이 모두 모일 때까지 기다렸던 것이다. 호소가와 일족인 쓰네히사(常久), 요리모토, 미쓰하루(滿春)를 비롯하여 잇시키, 아카마쓰, 가데노고우지(勘解由小路), 롯카쿠, 하타케야마, 시바, 교코쿠, 오우치 등이 참석했다. 조금 뒤늦게 이마가와씨가 보낸 야스노리(泰範)와 나카아키가 합세하였다. 료슌은 규슈 단다이라서 부르지 않은 것 같았다.

나카아키는 요시히로의 장인이기도 하다. 군사회의에서 옆자리에 앉았지만 자리가 자리인 만큼 간단한 인사만 건넸다. 규슈에서 남조 세력을 상대로 싸우면서 나카아키와는 이러한 군사회의를 몇 번 함께한 적이 있었다.

"야마나가 교토로 진입할 때를 대비해야 하는데, 생각이 있는 자는 주저하지 말고 이야기해 주게."

요시미쓰가 말했지만 모두 아무런 말이 없었다. 지목을 당한 호소가와 요리모토는 "가와하라 입구에 진을 치고 쳐들어오는 적을 공격하면 어떻겠습니까?" 하고 안을 냈다. 마을을 전쟁터로 만들지 않으려는 배려가 숨어 있었다. 불리하다며 부정적으로 말하는 이가 많았다. 히가시야마(東山)나 에이잔(叡山) 중턱에 포진하는 것은 어떤가 하고 제안하는 이도 있었다.

그 가운데 야마나와 협상하여 가능하면 전쟁을 피하는 것은 어떤가, 하는 이야기를 넌지시 꺼내는 사람도 있었다. 군사회의 치고는 아주 미적지근했다.

"야마나를 상대로 싸우려는 자는 교토에 한 사람도 없을 거라고 야마나 미쓰유키가 호언장담하고 있다. 역시 미쓰유키의 말이 맞는 것인가. 원통하다."

쇼군의 이런 발언으로 군사회의는 겨우 다시 진행되었다. 잇시키 아키노리의 제안으로 우치노(内野)를 중심으로 진을 치기로 했다. 적은 히가시야마, 에이잔 주변에 포진할 거라 예상하겠지만, 그렇기 때문에 일부러라도 적을 우치노에서 기다렸다가 맞기로 했다.

야마나 군사들과 맞서 싸울 막부군이 설정한 전장은 가모가와(鴨川)와 그 지류에 해당하는 가쓰라가와(桂川)가 형성한 삼각주 지대로, 다이몬지야마(大文字山)에서 내려다보이는 곳이다. 헤이안쿄 황거가 있었던 자리이기도 하다. 군사회의를 한 다음 날인 26일, 여러 무장들은 둥글게 원을 그리듯 우치노에 포진했다.

도지(東寺)에는 이마가와, 아카마쓰, 사사키 등 팔백 명의 병사가 들어가 서쪽 문을 굳게 지키며 무기창고를 만들었다.

하타케야마 모토쿠니(畠山基國)는 팔백 명의 군사를 이끌고 신기칸(神祇官, 궁중의 제례를 관장하고 지방의 신사를 통할한 중앙관청) 숲 북쪽, 정원의 푸조나무를 남쪽으로 올려다보는 츠치미카도(土御門, 헤이안쿄 황거 상동문, 상서문의 다른 말) 가까이에 진을 쳤다. 오우치 요시히로는 그 신기칸 숲 남쪽에 해당하는 니죠오미야(二條大宮)에 오백 명의 군사를 데리고 포진했다.

가데노고우지 요시시게(勘解由小路義重)는 오백 명의 군사와 함께 아부라노고지(油小路)를, 사사키 다카노리(佐々木高詮)의 칠백 명 군사는 이치죠오지(一條大路)를 지켰다.

쇼군은 일단 잇시키의 저택 호리가와(堀川) 숙소에 머물렀다. 이곳은 삼천 명의 병사가 호위했다.

니죠오미야에 포진한 요시히로는 갈색의 명주실로 짠 갑옷과 함께 목가리개가 5겹인 투구로 무장하고 있었다. 그리고 2척 8촌의 검은 허리에 차고, 3척 1촌의 언월도는 오른손에 쥐고 있었다. 열여섯에 처음으로 규슈의 전장을 누빈 이후 여러 전쟁을 통해 쌓은 경험이 서른여섯 지금의 요시히로를 만들었다. 명장이라는 말이 실로 잘 어울리는 관록이 쌓인 것이다.

요시히로 옆에는 지혜와 용기를 두루 갖춘 오우치가의 노신 히라이 미치스케가 구식 갑옷과 투구로 무장하고 사나운 자세로 그림자처럼 따라다녔다. 미치스케의 호위를 받으며 긴장한 얼굴로 대기하고 있는 자는 바로 요시히로의 둘째 동생 히로마사였다. 그는 규슈에서 전투를 경험한 바 있지만, 형인 요시히로보다 몸도 작고 성격도 온순했다. 요시히로는 이러한 히로마사를 애지중지했고 교토에도 데리고 왔다. 설마 이와 같은 전쟁이 교토에서 벌어지리라고는 생각지도 못했다.

"히로마사를 잘 지켜 주게."

그는 동생 히로마사를 미치스케에게 부탁하고 동생도 출진시켰다.

야마나 병사들의 습격은 온묘노가미의 예언대로 12월 30일에 시작되었다. 그 전날, 야마나 우지키요는 이천삼백 명의 병사를 이끌고 요도(淀)의 신사 앞에 놓인 우키하시(浮橋) 다리를 건너고 니시오카(西岡)를 거쳐 시모가쓰라(下桂)에 도착해 있었다. 이곳에서 도도인을 산죠(三條) 근처까지 진입하여 오미야를 공격할 생각이었던 것이다.

야마나씨는 요도에서 도바(鳥羽)의 산을 넘어 다케다(竹田)를 올라 가와라(河原)에 진입했다. 우치노에서 전쟁을 시작함과 동시에 니죠오지를 압박하여 배후에서 오미야를 칠 작전이었다.

야마나 미쓰유키는 칠천 명의 병사를 이끌고 29일 저녁 우메즈(梅津)의 가미세(上瀨)를 넘어 서쪽 입구에서 니죠마쓰(二條末)로 밀려 왔다. 그리고 도도인 주변에 연기가 피어오르는 것을 보고는 곧장 우치노를 공격하기 시작했다

또한 야마나 가즈사노스케(山名上総介)는 용장으로 알려진 고바야시 슈리노스케(小林修理亮)의 병사 칠백 명과 함께 가미가쓰라(上桂)에 도착하여 욘죠나와테(四條繩手) 동쪽의 오미야를 공격할 계획이었다.

이렇게 살펴보면 야마나군의 공격 목표는 오미야로 좁혀져 있는 것을 파악할 수 있다. 오미야에 포진해 있는 오우치 요시히로는 차례로 돌진해 오는 야마나 군사들과 맞서야만 하는 상황에 놓인 것이다. 쇼군 측근들이 싸우는 모습을 구경하고 있을 여유는 없었다. 자신도 모르는 사이에 가장 불리한 장소를 맡게 된 것이다.

지난밤부터 내리던 비도 그쳐 교토는 안개로 뒤덮여 있었다. 길게 펼쳐진 안개 사이로 희미한 불빛이 비치기 시작할 무렵, 야마나군의 공격이 개시되었다.

고바야시 슈리노스케의 지휘하에 선두에 선 병사 이백 명이

니죠오미야까지 올라온 것은 묘시(오전 6시)였다. 방패를 세우고 대기하던 오우치 병사 삼백 명은 그것을 보고 일제히 활을 쏘기 시작했다. 이제 니죠오미야에는 격전의 막이 올랐다.

잇시키의 저택 호리가와 숙소에 머물고 있던 쇼군은 야마나의 공격이 시작되자 이곳에 진을 두는 것은 불리하다고 판단하고는 곧장 나카미카도오미야(中御門大宮)로 이동했다. 야마나 군사는 오우치 요시히로가 지키는 니죠오미야를 치고 난 뒤 쇼군의 본진을 공격할 생각이었다.

"어차피 상대가 안 되는 싸움이다. 적어도 쇼군 근처까지 공격하여 베개를 나란히 하고 죽자."

야마나 요시가즈(山名義數)는 부하들이 각오를 새기도록 이와 같이 이야기하며 죽을 각오로 진격할 것을 명령했다.

"모두들 뭣하고 있느냐! 죽을 각오로 전진하라!"

야마나의 맹장 고바야시 슈리노스케는 병사들을 질타하면서 공격을 늦추지 않았다. 방패 뒤에 숨어 있던 오우치의 병사들은 일제히 화살을 퍼부었다. 야마나의 병사들은 쓰러지고 또 쓰러졌지만 아군의 시체를 넘으며 끊임없이 밀고 들어왔다.

격렬한 싸움이 시작되었다.

후진에 있던 요시히로는 큰소리로 명령했다.

"잘 들어라. 중간이 무너져서는 안 된다. 적이 말을 타고 가까이 오면 말을 죽여서 병사를 낙마시켜라. 그 다음 죽이면 된다. 만약 적이 말에서 내려 공격한다면 몸을 숙이고 서로 맞붙어 승부를 가리도록 해라. 적이 도망치면 뒤쫓을 필요는 없지만 공격해 온다면 한 발도 물러서서는 안 된다."

니죠오미야 노상에 엄청난 수의 적군과 아군의 시체가 널브러졌다. 야마나의 선진은 요시히로가 있는 지점까지 압박해 왔다. 선두에 섰던 야마나의 병사들은 이미 말을 버리고 도보로 공격해 오고 있었다. 맹렬한 기세였다.

양쪽 병사 모두 한 발도 물러서지 않겠다는 각오로 임하고 있다. 이미 백 명 이상이 목숨을 잃었지만 피투성이가 된 사체를 밟고 넘는 난전이 이어졌다.

야마나 요시가즈, 고바야시 슈리노스케는 선두에 서서 공격을 마구 퍼붓고 있다. 오우치의 많은 병사들이 슈리노스케가 휘두르는 검에 희생양이 되었다.

"이곳을 뚫고 나가 쇼군이 있는 곳을 공격하자."

요시가즈가 외쳤다.

"지당한 말씀입니다."

슈리노스케는 이렇게 답하고 더욱 거세게 날뛰었다. 눈 깜짝할 사이에 오우치 병사 수 명의 몸이 동강 나고 어깨가 잘렸으며 피를 뿜고 쓰러졌다.

"오우치사쿄곤노다이후 요시히로(大內左京權大夫義弘)가 나간다!"

요시히로는 좌우의 적에게 칼을 마구 휘두르며 자신도 모르는 사이에 슈리노스케에게 달려들었다.

"내게 맡겨라."

그는 히라이 미치스케가 제지하는 걸 뿌리치며 돌진하였다.

"고바야시 슈리노스케, 내가 상대해 주겠다."

당시 슈리노스케는 언월도를 휘두르고 있었지만 요시히로는 그가 장도를 가지고 있다고 착각했다. 슈리노스케는 언월도의 칼자루를 뒤로 숨기고 칼날을 가까이 쥐어 장도처럼 보이도록 속임수를 쓴 것이다. 적이 그 사실을 모르고 앞으로 달려들면 칼자루를 내지르며 죽이는 전법이었다. 오랜 전장 경험으로 만들어진 슈리노스케의 기술에 말려들어 요시히로는 제대로 대응하지 못했다.

그러나 요시히로도 그저 공격을 당하고만 있진 않았다. 신음소리를 내면서도 내려오는 슈리노스케의 칼 히루마키(蛭巻, 창·칼의 자루 또는 칼집 등을 등이나 은판으로 사이를 띄어 감은 것) 근처를 겨우 막아 냈다. 그러나 중심을 잃고 비틀거리며 뒷걸음치고 말았다. 이런 그에게 슈리노스케의 칼이 날카롭게 파고들어 왔다. 이번에는 잘 막아 내지 못했다. 그리 깊은 것은 아니었지만 오른쪽 팔을 찔리고 말았다. 어쩔 도리 없이 무릎을 구부리며 상대의 몸을 향해 칼을 휘두르려 했지만, 뒤쪽으로 물러서다 오른쪽 어깨에 또 공격을 당하고 말았다. 그러나 요시히로는 겁먹지 않고 다시 칼을 잡고는 아래에서 슈리노스케의 투구 안쪽으로 칼을 찔러 넣었다. 그 공격을 막으려고 슈리노스케가 고개를 젖혀 올린 것이 치명적인 실수가 되었다.

슈리노스케가 턱을 뒤로 젖히는 순간, 요시히로는 재빨리 언월도를 다시 잡고 혼신의 힘을 다해 아래를 공격했다. 그때 슈리노스케는 양쪽 발을 벌리고 서 있었다. 요시히로가 휘두르는 3척 1촌의 언월도 칼날이 슈리노스케의 오른쪽 다리를 베었다. 요시히로는 남아 있는 기운을 다해 슈리노스케를 땅에 처박아 넣을 정도의 무서운 힘으로 응수했다.

"으옷!"

악을 쓰며 한쪽 다리를 잃은 슈리노스케는 그 자리에서 쓰러졌다. 그러나 슈리노스케 또한 대단히 용맹스러웠다. 쓰러지면서 언월도를 버리고는 긴 칼을 뽑아내 누운 채로 공격을 가하기 시작했다.

두 사람은 서로 두세 차례 칼을 주고받았지만 슈리노스케는 점차 힘을 잃어 가고 있었다. 자결할 기력조차 없어 보이기에, 옆에 있던 젊은 무사 한 명에게 명령했다.

"죽여 버려라."

그 말을 기다리고 있었다는 듯이 한 무사가 달려와 말에 탄 채로 슈리노스케의 숨통을 끊으려 공격하는 순간, 검을 버린 슈리노스케는 그 자리에서 단검을 뽑아 젊은 무사의 갑옷 아래를 잡아 끌어 마지막 공격을 하다 숨을 거두었다.

'대단하다.'

감탄할 겨를도 없이 예닐곱의 무사들이 요시히로를 에워쌌다.

"슈리노스케의 아들, 사부로!" 하고 부르짖으며 공격해 온다.

모두 만만치 않은 상대들이다. 사방에서 휘둘러 대는 칼에 요시히로는 어깨와 옆구리 등에 부상을 입었다. 그는 공격을 막아내는 데 급급했다. 이런 요시히로를 보호하기 위해 히라이 미치스케가 스기 분고노가미(杉豊後守) 등의 병사와 함께 중간을 파고들었다. 필사적으로 공격하는 적들을 막아 내기 위해 많은 시간을 낭비한 요시히로였다. 만약 미치스케가 병사를 데리고 오지 않았더라면 요시히로는 그 자리에서 절명했을지도 모른다.

오우치 병사들이 슈리노스케와 그의 아들 사부로 일당과 싸우고 있는 틈을 타, 야마나 가즈사노스케는 열다섯 명의 부하와 함께 말을 타고 니죠오미야를 빠져나갔다. 이들을 도미나가 치쿠고노가미(富永筑後守)가 쫓는다.

가즈사노스케는 츠치미카도(土御門) 본진 가까이까지 다가갔다. 오래된 토담을 넘으면 난입할 수 있을 지점까지 다다랐을 때, 치쿠고노가미가 이끄는 오우치 군사 백여 명이 그들을 따라잡았다. 가즈사노스케 일당은 단번에 토담을 넘으려고 했지만 서리가 녹아 낙엽이 축축해진 길에 말발굽이 미끄러져 낙마하고 말았다. 이런 병사들에게 오우치군은 가차 없는 공격을 퍼부었다.

대장 가즈사노스케뿐만 아니라 믿고 의지하던 슈리노스케마저 잃은 야마나 병사들은 낙담하여 일단 물러섰고, 이로써 니죠오미야 전투는 일단락되었다.

오우치군은 위험천만한 순간을 사수한 셈이었다. 그러나 물러난 야마나의 군사는 아직 근처에서 대기하고 있다. 언젠가 태세를 갖추어 공격할 게 틀림없다. 죽을 각오로 임하던 야마나 병사들의 기세는 예상보다 강했다. 이미 오우치 군사 오백 명 가운데 칠십 명을 잃었다. 이대로 두세 번 공격당한다면 무사히 막아 낼 수 있을지 예측하기 어려웠다.

쇼군의 측근에는 삼천 명의 군사가 대기하고 있었다. 츠치미카도와 가까운 니죠오미야에서 오우치 병사들이 분투하고 있음에도 불구하고 쇼군은 지원군을 보내주지 않았다.

'우리들만 싸우게 할 셈인가.'

요시히로는 분노가 치밀어 올랐다.

"여기서 대기하라."

히라이 미치스케에게 명령을 남기고 요시히로는 혼자서 츠치미카도 본진을 향해 말을 달렸다.

츠치미카도 본진 입구에서 말에서 내린 요시히로는 쇼군이 있는 막사로 들어갔다. 병사 삼천 명의 호위를 받으며 쇼군 요시미쓰는 여유롭게 의자에 앉아 있었다. 이날 요시미쓰는 고소데(小袖, 헤이안 시대 예복에 받쳐 입었던 속옷)를 입지 않고 약식의 가죽 갑옷만을 입고 있었다.

"고소데는 조정의 부름으로 적을 퇴치하러 나갈 때나 필요한 것이다. 야마나와 같은 종을 진압하는 데 그 같은 옷차림은 필요 없다."고 답했다. 그래도 쇼군은 검은 가죽 끈으로 엮은 갑옷에 다섯 겹의 목가리개 투구로 무장한 채 가보인 검을 차고 있었다. 별도의 장도까지 준비해 두었다. 비장(祕藏)해 둔 말에는 황금색의 안장을 얹어 두는 등 화려한 모양을 갖추고 있었다.

그러한 쇼군 앞에 요시히로가 숨을 헐떡거리며 나타났다. 그는 슈리노스케에게 찔린 오른쪽 어깨 상처 두 곳 외에도 여러 곳의 상처로 피범벅이 되어 있었다. 갑옷의 소매도 투구의 목가리개도 찢겨 너덜너덜한 모습이었지만 오싹한 분위기가 느껴졌다. 쇼군 옆에 서 있는 기마 무사 잇시키 아키노리, 이마가와 나카아키를 비롯하여 여러 장수가 미간을 찌푸리며 지켜보는 가운데 요시히로는 큰소리로 외쳤다.

"하마터면 오미야 전투로 인하여 쇼군께 큰 폐를 끼칠 뻔했습니다. 야마나의 군사도 필사적이어서 만만치 않았습니다. 요시히로도 죽을 각오로 임하지 않으면 안 되겠다 생각하여 목숨을 내놓고 싸웠습니다. 그리하여 적군 이백여 명을 죽이기는 했으나 우리 군사도 칠십 명 정도 잃었습니다. 이번 싸움에서는 이겼지만 야마나 우지키요의 새 병력이 오미야를 향해 돌진해 오고 있습니다. 이 사실을 알고 계신지요? 그 병력이 수만일지도 모르는 일……."

쇼군의 얼굴이 흐려졌다. 여러 무장들의 표정에도 얼마간의 곤혹스러움이 드러났다. 이 정도로 전쟁이 펼쳐질지 전혀 예상치 못했던 것이다.

"요시히로와 군사들은 이미 지쳐 있어 앞으로 쳐들어 올 대군을 상대하기 어렵습니다. 여기 계신 여러분들은 왜 싸우려 하지 않으십니까? 쇼군 옆을 지키는 것도 중요하지만 쳐들어오는 적과 맞서 싸워야만 전쟁을 승리로 이끌 수 있습니다. 여기에서 요시히로가 죽는다면 누군가 저처럼 목숨을 걸고 싸워야 할 것입니다. 그렇지 않으면 장차 큰일이 일어날 것입니다. 급히 지원 병사를 보내 주시기를……"

요시미쓰는 놀란 얼굴로 요시히로를 바라보고 있었지만 무장들은 노골적으로 얼굴을 찌푸렸다. 그들을 더욱 불쾌하게 만든 것은 다음과 같은 요시히로의 말 때문이었다.

"……쇼군께서는 저와 같은 용맹한 무사를 가지고 계시지 않다고 생각합니다."

분노의 눈으로 요시히로는 쇼군을 노려보았다.

다소 날카로운 어조로 원군을 요청할 셈이었지만 말을 하는 가운데 여러 무장들의 표정을 보고는 부아가 치밀어 올랐다. 그들의 얼굴에는 선반에 진열된 인형 같은 웃음이 묻어 있었다. 아마 시골 다이묘 혼자서 흥분하고 있군, 하고 생각했을 것이다. 요시히로는 화가 나서 마음껏 지껄이다가 이런 말을 내뱉은 것이었다.

"요시히로와 같은 무장을……."

요시히로는 자신의 말에 취해 있었던 것이다. 그것은 전장에서 막 피를 흘리고 온 자만이 입에 담을 수 있는 의기양양한 자화자찬인지도 몰랐다. 그러한 요시히로의 말을 공명심만 앞세우려는 것으로 이해한 일동은 "궁과 말에 관계하는 자, 누가 직면한 대사에 목숨을 아까워하겠소. 새삼스러운 말씀이시오." 하고 투덜투덜 불평하며 어수선하게 일어섰다. 이제야 전의를 자극받은 것 같았다. 일어서 나가려는 요시히로를 쇼군이 날카롭게 불러 세웠다.

"그대의 충의를 비견할 데 없구나. 이번 전쟁은 그대만 믿고 있겠다."

요시히로를 가까이 부른 쇼군은 요시히로에게 몸소 칼 한 자루를 하사했다.

어쩌면 요시미쓰는 이 날을 위해 요시히로를 교토로 데리고 온 것인지도 몰랐다. 그 기대에 요시히로는 훌륭하게 보답했다. 그러나 아직 전쟁은 끝나지 않았다. 요시히로는 적의 칼을 받으면서도 아슬아슬한 고비를 넘겼다. 그러나 이후, 소중해 마지않던 동생 히로마사는 전사하게 된다.

요시히로가 쇼군에게 원군을 요청하고 난 뒤 약 한 시간이 지나, 야마나 우지키요가 이끄는 이천 명의 병사가 니죠오미야로 몰려왔다. 지친 오우치군을 지원하기 위해 아카마쓰 요시노리의 병사 천삼백 명이 달려왔다.

"오우치 병사들은 오늘 아침의 싸움으로 기력이 소진되어 있다. 우리들은 조력자의 입장으로 이 전장에 투입되기는 하였으나 힘을 보탠다고 생각하거나 오우치 병사들에게 의지하려고 생각해서는 안 된다. 앞장서서 공격하고 목숨을 버릴 각오로 싸워라!"

요시노리가 큰소리로 명령하는 것을 듣고 오우치의 병사들도 분발하려고 했지만 부상자가 많아 오늘 아침과 같이 싸울 수 없을 것이라 판단했다. 때문에 이번에는 아카마쓰에게 선진을 양보했다.

우지키요의 군사는 과감하게 진격해 왔다. 우지키요는 사위 미쓰유키와 함께 반란군의 총대장이었다. 그 역시 이길 수 없는 싸움에 임하면서 이미 죽음을 각오하고 있었다. 쇼군 요시미쓰에게 원한 맺힌 일격을 가하고 말겠다는, 오로지 그 하나의 목적으로 무턱대고 맹렬하게 돌진하고 있었다.

싸움은 니죠오미야에서만 전개된 게 아니었다. 우치노를 포위한 야마나 군사들과 막부군 사이에는 격렬한 전투가 펼쳐졌다.

아카마쓰 군사는 용감하게 싸웠지만 우지키요가 이끄는 야마나군에 밀려 점점 방어하는 입장이 되었다.

"이번에는 관전만 하십시오. 제가 출전하겠습니다."

히라이 미치스케가 말했다. 부상을 입은 요시히로를 배려한 것이다.

"어찌 보고만 있을 수 있겠나."

요시히로도 난전에 뛰어들 생각이었다. 이제는 옆구리에 입은 상처가 아파 오기 시작했다. 스친 정도라고 했지만 늑골이 보일 정도로 상처가 깊었다. 지혈을 위해 몇 겹이나 강하게 흰 천을 감았다. 때문에 몸은 자유롭지 못했고 무리하게 움직이노라면 격한 통증이 느껴졌다. 두 곳이나 상처를 입은 오른쪽 어깨가 저리듯이 무거웠다. 그러나 정작 전장에 들어서면 고통을 잊고 충분히 싸울 자신은 있었다.

"아닙니다. 아무래도 여기서 쉬시는 게 좋겠습니다."

"그렇게 할 수는 없다."

요시히로와 미치스케가 입씨름을 하는 가운데 후방에서 야마나군 일부가 밀어닥쳤다. 순식간에 난입하여 서로 칼부림을 하였다. 요시히로는 왼손에 언월도를 들고 거기에 오른팔을 함께 모아 쥐고 적을 향해 나아갔지만 허공을 가르고 자세도 무너지기 일쑤였다. 그것을 본 무사 둘이 눈짓으로 서로 신호하며 동시에 요시히로의 오른쪽과 왼쪽을 공격하였다. 한 사람의 공격은 겨드랑이를 찔러 막았지만 다른 한 사람의 칼은 막지 못해 털썩 쓰러지고 말았다.

"형님! 위험합니다!"

소리를 지르며 히로마사가 뛰쳐나왔다. 히로마사는 위쪽에서 공격하려는 적에게 거세게 덤벼들었으나 맞붙은 상대는 체격이 우람했다. 그는 히로마사를 곧장 깔아 눕혔다. 요시히로가 일어나 다가갔을 때에는 이미 히로마사의 목이 잘린 후였다.

요시히로는 적의 등에 언월도를 깊이 찔러 넣고 뒹구는 몸을 꼼짝 못하게 작은 칼로 눌렀다. 그러고는 재빨리 목을 딴 뒤 높이 던져 버렸다. 요시히로는 히로마사 쪽으로 달려갔다. 안아 일으켰지만 이미 숨이 끊어진 상태였다. 자신을 보호하려다 목숨을 잃은 동생의 얼굴을 요시히로는 한동안 멍한 마음으로 바라보았다. 다시 적들이 야수처럼 소리 지르며 공격해 왔다. 요시히로는 언월도를 주워 두 다리로 버티고 섰다. 옆구리 상처에서는 다시 피가 솟구치는 듯했다.

요시히로가 기력을 쥐어짜 언월도를 다시 들었을 때, 히라이 미치스케가 피로 물든 칼을 든 채로 달려왔다. 같은 시간, 아카마쓰 군사들은 후퇴하고 있었기 때문에 요시히로를 습격하려 한 야마나 병사 수십 명은 오우치군 사이에 끼어 포위되었다. 이 때문에 어렵지 않게 토벌할 수 있었다.

두 시간 이상의 전투에서 아카마쓰군 대부분은 전사했고 남은 병사도 매우 지쳐 있어 요시히로는 쇼군에게 원군을 요청했다. 잇시키 아키노리의 병사들이 투입되어 이들과 교대하기로 했다.

"미치스케, 가마를 준비해 주게."

요시히로가 말했다.

"가마 말씀이십니까?"

"음……, 서서 움직이노라니 옆구리에서 피가 흐르는구나. 가마에 타서 다시 한번 싸우고 싶다."

"분부대로 하겠습니다."

미치스케는 곧바로 젊은 무사를 불러 인근에서 가마를 빌려 오도록 명령했다.

"문을 열어 주지 않을 테니 담을 넘어 빼앗아서라도 가마를 가지고 오너라. 자 서둘러라."

젊은 무사들이 서둘러 나간 뒤, 요시히로가 돌 위에 앉아 미치스케와 이야기를 하는 곳에 아카마쓰 요시노리가 비틀거리는 발걸음으로 다가왔다. 부상은 입지 않았지만 몹시 지친 모습이었다.

"나도 잇시키 도노가 싸우는 모습을 보고 싶구나."

투구 사이로 보이는 요시노리의 얼굴에는 엷은 웃음이 베어 나오고 있었다.

"잇시키 도노의 병사는 아마 팔백 명 정도일 것입니다. 쇼군 곁에는 이제 교대할 병사도 없습니다. 어떻게 해서든지 여기서 우지키요군을 막아내지 않으면 안 됩니다. 우리들은 지금부터 잇시키군과 합세하겠습니다. 아카마쓰 도노는 잠시 휴식을 취하십시오."

요시히로는 이같이 말하면서 젊은 무사들이 가지고 온 가마에 서둘러 올라탔다. 귀족의 집에서 쓰던 것을 가지고 온 모양이었다. 지붕이 있기에 그것을 쳐 내도록 했다.

요시히로는 언월도를 쥐고 가마에 올랐다. 병사 네 명이 그 가마를 들어 올렸다. 가마를 선두로 오우치군이 출격하려 할 때, 잇시키 아키노리가 말을 타고 다가왔다. 투구 앞면 양쪽에 은색 뿔 장식이 붙은 5겹 목가리개 투구에 백사가 섞인 갑옷 차림이었다. 도로마루(泥丸)라고 이름을 붙인 4척 3촌의 큰 언월도를 옆구리에 차고 있었고, 말도 흰색 안장, 금색 마갑으로 장식하고 있었다. 실로 화려한 모양새였다. 요시히로는 아시카가씨의 지족(支族)다운 기품과 귀족적인 태도를 그 모습에서 느낄 수 있었다.

아키노리는 가마에 탄 요시히로를 보고 일순 놀란 모양이었지만 느긋하게 두세 번 고개를 끄덕여 보였다. 그리고 채찍을 휘두르며 니죠오미야를 동쪽으로 보고 힘차게 달려 나갔다.

"뒤따르라."

요시히로의 명령에 따라 오우치군도 잇시키군의 뒤를 따라 달렸다. 아카마쓰 요시노리도 간격을 조금 두고 뒤따랐다.

야마나 우지키요의 군사와 잇시키의 군사가 먼저 충돌했다. 야마나의 군사들은 이미 지친 기색이 역력했고 잇시키군에 밀려 지금이라도 당장 무너질 정도였다.

우지키요는 혼자서 말을 타고 잇시키군 사이로 들어와 사력을 다해 아키노리에게 덤벼들었다. 대장끼리의 일대일 승부에서는 역시 이제 막 전장에 투입된 아키노리에게 유리하게 돌아갔다. 서로 칼부림을 하는 사이에 도로마루의 칼끝이 우지키요의 눈썹 위를 약간 스쳤다. 피가 눈에 흘러들어 가는 바람에 우지키요는 갑자기 말머리를 돌려 동쪽으로 달아났다. 그것을 계기로 야마나군이 일제히 퇴각하기 시작했다. 잇시키, 오우치, 아카마쓰의 병사들이 추격했다. 잇시키 아키노리는 결국 오시고지오미야(押小路大宮)까지 우지키요를 따라갔다.

요시히로가 그곳에 도착한 것은 아키노리가 휘두른 4척 3촌의 칼에 우지키요의 투구가 두 쪽으로 완전히 갈라진 시점이었다.

"나무아미타불!"

낙마하면서 우지키요가 외쳤다. 전장에서 칼에 맞아 죽어 가는 무장이 부르짖듯이 염불을 외는 것은 매우 드문 일이다. 그것을 매우 자연스러운 일처럼 요시히로는 듣고 있었다. 쇼군 요시미쓰의 무리한 정략에 희생양이 된 야마나 우지키요다운, 최후의 정경이라고도 생각했다.

잇시키, 오우치, 아카마쓰 군사들이 승리의 함성을 지를 무렵, 우치노 여기저기에서도 막부군의 함성이 퍼져나가 전쟁은 해가 저물기도 전에 종결되었다.

야마나군의 또 다른 수장 미쓰유키는 행방을 감추고 말았다. 이후 그는 이나바로 피신한 후, 규슈로 멀리 달아나 그 말로는 확실치 않다. 결국 우지키요의 머리만이 아키노리 손에 들어왔다. 마지막에 합세한 잇시키씨가 모든 공을 세운 셈이 되었다.

아카마쓰 요시노리 등은 참으로 유감스러워했다. 우지키요의 병사들이 기력을 잃을 때까지 상대를 해 준 것은 아카마쓰 부대였다. 원군을 청하지 않고 자신들끼리 우지키요를 토벌했어야 한다고 몹시 후회했지만, 일이 끝난 뒤에는 얼마든지 생각할 수 있는 일이다.

요시히로의 입장도 마찬가지다. 최고의 훈공을 잇시키 아키노리에게 양보하게 된 것을 유감스럽게 생각하지 않는 것은 아니었다. 그러나 그의 경우, 야마나의 맹장으로 널리 이름이 알려진 고바야시 슈리노스케를 죽인 공로가 있다. 때문에 아카마쓰 정도로 억울하지는 않았다. 그보다 요시히로에게는 전장에 나타난 잇시키 아키노리의 무사다운 모습이 아직 가슴에 남아 있었다. 아키노리는 옷차림의 화려함뿐만 아니라 일군의 대장다운 용맹함으로 종행무진했다. 그와 같은 훌륭한 무장으로 남고 싶다고 요시히로는 몰래 혼자 바랐다.

호리가와에 본진을 옮긴 쇼군 앞에 잇시키씨의 졸병 두 명이 야마나 우지키요의 목을 가지고 들어왔다. 적의 수급(首級)을 확인하는 것이다. 상투를 틀고 화장한 얼굴로 등장한 우지키요의 모습에는 기묘한 위엄이 묻어났다. 우지키요 48세. 그의 얼굴을 천천히 보면서 요시미쓰가 입을 열었다.

"하늘의 뜻을 어기고 모반한 자의 최후를 보거라."

주변에 있는 무장들에게 하는 말이었다.

'하늘의 뜻을 어기고…….'

요시히로는 속으로 중얼거렸다.

"어리석은 우지키요를 묻어 주거라."

쇼군의 목소리는 허탈감이 감도는 분위기를 차갑고 떨리게 만들었다.

저녁부터 갑자기 추워지기 시작했다. 눈발이 약하게 흩날리기도 했다. 사람도 말도 얼어붙을 것 같은 교토의 선달그믐 저녁이었다.

설마 잔당들이 습격하지는 않겠지. 만약을 위해 무장은 해제하지 않고 호리가와 숙소 주변에 전군 야영하기로 했다. 화톳불을 피워 추위를 녹이고 전승의 기쁨을 술로 나누는 가운데 밤은 깊어 갔다. 날이 밝으면 메이토쿠 3년(1392년) 정월이 되는 것이다. 묘시(오전 6시), 쇼군은 하나노 고쇼로 돌아갔다.

'육분일중'이라고 일컬어지며 강대한 세력을 자랑하던 야마나씨는 쇼군을 위협하다가 괴멸되고 말았다. 유력 슈고를 차례로 탄압하는 요시미쓰의 정략은 야마나씨 토벌 이후에도 이어졌다.

—다음은 누구일까.

여러 무장의 머릿속에 이런 생각이 스치듯 지나갔다. 그러나 지금 야마나씨 정도로 강세를 가진 슈고는 없다. 요시히로 역시 자신도 언젠가 같은 입장에 놓일 거라고는 전혀 예상하지 못할 무렵이었다. 이때 요시히로의 뇌리에 스친 것은 규슈 단다이 이마가와 료슌이었다. 단다이의 지위를 이용하여 사적 세력을 불리고 있는 료슌을 요시미쓰가 험악한 시선으로 바라보고 있다는 사실을 적어도 요시히로는 알고 있었다. 쇼군의 마음을 그렇게 이끌고 있는 이가 바로 요시히로 자신이기 때문이다. 그러나 그러한 행동이 우지키요의 운명과도 같은 결말을 가져올 첫 단계임을 요시히로는 아직 모르고 있었다. 아니, 알려고도 하지 않았다. 아무튼 메이토쿠의 난을 계기로 요시히로의 야망의 꽃은 커다랗게 피기 시작했다.

# 야망의 요새

# 신 영토

메이토쿠의 난에 따른 논공행상이 벌어진 것은 메이토쿠 3년(1392년) 정월 4일이었다.

하나노 고쇼에 모인 여러 무장들은 긴장한 얼굴로 쇼군 요시미쓰가 착석하기만을 기다리고 있었다. 기록관 등을 데리고 나타난 요시미쓰는 엄숙하게 두루마리를 펼쳤다. 먼저 야마나씨의 구 영토 처분에 대해서 발표했다. 주목해야 할 부분은 바로 이 대목이었다.

메이토쿠의 난에서 싸운 자들은 모두 자신의 희생을 자부하였다. 말하자면 전리품과 같은 영토를 처분하는 데 있어 요시미쓰도 꽤 고민했을 터이다.

제일 먼저 호소가와 요리모토의 이름이 불렸다.

"단바를 하사하겠다."

이의가 없는 결정이었다. 다음으로 단고는 잇시키 요시노리에게 돌아갔다. 잇시키 요시노리는 야마나 우지키요를 직접 죽여 전쟁의 모든 훈공을 가져간 잇시키 아키노리의 아들이다.

미마사카는 아카마쓰 요시노리가 받았다. 그리고 사사키 다카노리는 오키, 이즈모 두 나라를 받았다. 두 나라라고 하면 야단스럽게 들리지만 오키는 바다에 떠 있는 외딴 섬이다. 오랜 역사를 가진 섬이지만 큰 영향을 미칠 정도의 영토라고 생각되지 않아 누구도 놀라지는 않았다.

다음으로 야마나 도키히로, 야마나 우지이에, 야마나 우지유키 세 사람의 처우가 관심거리였다. 어딘지 모를 차가운 시선이 그들에게 주목되고 있는 것은 사실이었다. 분열한 야마나 일족 가운데서도 이들 세 명만이 살아남은 것이다. 세력을 자랑하던 야마나를 억압하기 위한 쇼군의 책략에 꾀어 이들은 메이토쿠의 난에서 막부군에 가담했다. 그렇지만 피를 나눈 집안 사람들과 싸웠던 이 세 사람에 대해 주변의 시선은 동정이 아닌 경멸에 가까웠다. 그러나 도키히로가 다지마를, 우지이에가 이나바를, 우지유키가 호키를 받아 야마나의 구 영토 가운데 세 개 나라만큼은 겨우 보전할 수 있었다. 명족 야마나를 전멸시키지 않기 위해서는 이러한 조치가 필요했다고도 할 수 있다. 세 사람을 불쌍하게 여긴다면 역시 요시미쓰의 비정한 정책도 증오하지 않을 수 없다.

야마시로는 하타케야마 모토구니의 영토가 되었고 야마나 구 영토 열한 개 나라 가운데 이즈미와 기슈(紀州) 두 나라만이 남았다.

요시히로는 자신의 이름이 불리지 않자 다소 초조해졌다. 눈

앞에는 매력적인 두 나라가 남았다. 처음에는 이즈모를 가지고 싶었다. 자신의 영토 이와미와 가까워 영토를 늘릴 수 있기 때문이었다. 이즈모가 사사키 다카아키에게 넘어갔을 때에는, 조금 원통하기도 했다. 그러나 이즈미라면 더욱 좋다. 센슈 사카이 항을 손에 넣는다면 기대 이상일 거라 생각하니 가슴이 두근거렸다.

만약에 기슈를 받는다면?

센슈 정도의 이익을 기대할 수는 없지만 이곳에는 남조의 본거지가 있다. 교토를 제외하면 어느 나라에도 없는 정치의 무게감이 느껴지는 지역이다.

남조 세력이 쇠퇴하였다고는 하지만 막부에 대항할 세력임에는 틀림없다. 이마가와 료슌이 규슈에서 여전히 눈독을 들이는 것도 남조 세력이다. 이 남조 세력의 본거지를 영토 내에 두는 것은 어떠한 의미를 가질까? 기슈는 또 한 사람의 천황을 품고 불안하게 침묵하고 있다. 야마나씨는 기슈를 영유하면서 하는 일 없이 지내 왔다.

'센슈가 아닌 기슈의 슈고로 임명된다면 오우치로서도 할 일이 있다.'

요시히로는 이런저런 생각을 하며 요시미쓰의 말을 기다렸다.

"오우치에게는 이즈미, 기이(紀伊) 두 나라를 주겠다."

요시히로는 순간 자신의 귀를 의심했다. 여러 무장들이 노골적으로 놀라는 것도 당연한 일이었다.

"이번 전쟁에서 모두 잘 싸워 주었지만 실로 목숨을 걸고 충근(忠勤)한 자가 오우치 도노라는 사실에는 이견이 없을 것이다."

이러한 말에 아니라고 정면으로 맞설 사람은 없었지만, 분명 속으로는 여러 가지 생각을 품었을 것이다. 니죠오미야에서 적을 격퇴하고 갑옷이 찢겨 피투성이가 된 몸으로 원군을 청하러 온 요시히로의 모습을 쇼군은 잊지 않았던 것이다.

전장에서 활약한 자신의 모습을 과시하기 위해 일부러 쇼군을 찾은 것이라 생각하고 요시히로를 당장에 역겹다고 느낀 무장들도 적지 않았을 것이다. 요시히로가 가마를 타면서까지 진두지휘한 것도 꽤 인상적이었다. 이조차 요시히로의 허세라고 판단하는 자가 있다면 그것은 어쩔 도리 없는 시기와 질투로, 논공행상에 늘 따라다니는 불평불만의 목소리라 할 수 있다. 그러나 이러한 불만을 억누를 수 있는 위엄을 쇼군은 메이토쿠의 난을 통해 갖추게 되었다.

실제로 각 군단 가운데 요시히로만큼 부상을 당한 대장은 그 누구도 없었다. 야마나 우지키요의 목을 벤 잇시키 아키노리만 하더라도 오우치와 아카마쓰군이 열심히 싸워 주던 상황을 이어받은 데 지나지 않는다. 거기에 비하면 최초의 전투에서 야마나의 공격을 막아 내고 적군의 용장 고바야시 슈리노스케를 손수 죽인 요시히로의 훈공이야말로 특필할 만한 것이라 볼 수 있다.

요시미쓰는 그런 정황을 모두 파악하고 있었던 것이다. 그리고 무엇보다 오우치 요시히로의 충근에 감동했다. 그에 대한 절대적인 신뢰가 이번 전쟁을 통해 더욱 깊어졌다고 할 수 있다. 이즈미, 기이 두 나라를 시원스럽게 요시히로에게 내놓은 것은 그라면 문제될 게 없을 거라고 쇼군이 안심하고 마음을 열었음을 보여 주는 것이기도 했다.

요시히로는 1월 내내 상처를 치료하며 시간을 보냈다. 유키히메는 수발을 명목으로 이즈음부터 요시히로의 집으로 들어오게 되었다. 어느새 슬쩍 측실의 자리에 앉은 느낌도 없지 않았다. 전란 뒤의 어수선함 때문에 주변의 기이한 시선도 피할 수 있었고, 그렇게 세월은 흐르고 말았다.

"유키히메 님 뒤에는 좌대신이 계십니다. 행동을 조심하셔야 합니다."

히라이 미치스케가 요시히로에게 주의를 주었다.

"언젠가 주변이 안정되면 인사 드리러 갈 참이었다. 지금 당장 해야 할 일이라도 있는가?"

"전란의 위문금이라도 보내시면 어떨까 합니다."

"옳은 말이다. 일을 부탁하겠네."

"그럼."

사라지려는 미치스케를 요시히로는 불러 세웠다.

"미치스케, 2월이 되면 이 상처도 아물 것이다. 또 전쟁을 치러야만 한다. 야마구치에서 병사들이 곧 도착하겠지."

"또 전쟁이 시작됩니까?"

미치스케는 의외라는 듯이 말했다. 메이토쿠의 난에서 백 명에 가까운 병사를 잃었다. 요시히로는 오백 명의 군사를 보충하도록 명령했지만 이렇게 전쟁이 곧장 시작되리라고는 미치스케도 예상하지 못했던 것이다.

"센슈 때문이다. 지금 평정해 두지 않으면 안 돼."

요시히로는 하루라도 빨리 사카이 항에 가 보고 싶었다. 생각지도 않은 것이 굴러 들어왔다. 오우치씨로서는 하카타 항을 가지고 싶었지만 규슈 단다이 이마가와 료슌이 요시히로를 단단히 견제하고 있어 불가능했다. 그런데 하카타에 견줄 만한 사카이를 수중에 넣게 된 것이다. 갑자기 미래가 밝아졌다. 센슈를 장악함으로써 예전부터 품고 있던 무역의 꿈이 현실로 크게 한발 다가왔다. 요시히로는 서둘렀다.

어느새 유키히메가 방으로 들어와 요시히로와 미치스케 두 사람이 하는 전쟁 이야기를 듣고 있었다. 미치스케가 밖으로 나가자 유키히메가 말했다.

"또 야마나의 사람들이 교토를 치러 오나요?"

"교토가 아니다. 다른 곳에서 전쟁이 벌어질지 모른다."

"어째서요?"

"쇼군으로부터 새 영토 두 곳을 하사받았다. 거기에는 아직 오우치를 따르지 않는 자가 있다."

"이런 몸으로 벌써 전쟁 이야기를 하시니 저는 깜짝 놀랐습니다."

"싸우기 위해 태어난 몸이다. 그것을 두려워하면 파멸하는 것과 다름없어. 이 요시히로를 따르려면 너 또한 각오해야 할 것이다."

"각오는 하고 있습니다."

"언젠가 야마구치에 돌아갈 것이다. 유키는 이대로 교토에 남으려는가?"

"야마구치로 가겠습니다."

"그리 해 다오."

그렇게 말하면서 요시히로는 이 여자를 미쓰와 만나게 할 때의 장면을 무거운 기분으로 상상해 보았다.

오미쓰에게 요시히로의 부상 소식이 전해질 무렵이었다. 요란스럽게 소식을 전해서는 안 된다고 일러두었는데, 히라이 미치스케가 어떻게 알렸는지 모르겠다.

정원에는 약간의 눈이 쌓여 있는 듯했다. 야마구치의 저택에도 눈이 많이 쌓였을까, 하고 잠시 생각해 보았다. 야마구치는 교토보다 눈이 많이 내린다.

야마구치를 생각하니 미쓰가 몹시 그리워졌다.

"왜 웃으십니까?"

눈앞에 있는 유키히메가 웃으며 물었다.

"아니다. 별일 아니야……."

사랑하는 여자를 옆에 두고 있으면서도 먼 곳에 있는 또 다른 여인을 그리워하는 자신이 요시히로는 이상하게 느껴졌다. 이런 가운데 전장에서 죽은 동생 히로마사가 문득 떠올랐다. 동생을 생각하니 여자에게 정신이 팔려 있는 자신이 면목이 없고, 상처를 마구 쥐어뜯고 싶은 충동마저 일었다. 히로마사는 형을 지키려 씩씩하게 적과 맞서다 자신의 눈앞에서 전사했다. 교토를 구경시켜 줄 생각으로 데리고 온 것이 외려 화가 된 것이다.

추위가 매서운 날에는 상처가 아파 왔다. 표면은 아물었지만 안쪽은 오랫동안 욱신거렸다. 규슈의 전장에서도 여러 번 부상을 입은 적이 있지만 이번에는 꽤 깊은 중상을 입고 말았다.

'요령 있게 잘 피해 다행이다.'

묘한 기분으로 지난 전쟁을 조용히 뒤돌아보는 것도 처음 있는 일이었다.

'나이가 들어 약해진 걸까.'

그렇게 생각해 보기도 했다. 나이가 들었다고는 하지만 요시히로는 메이토쿠 3년(1392년)에 아직 37세였다. 지금부터라도 일을 시작할 수 있다.

추위를 견디고 아픔을 참으며 한 달을 지냈다. 상처를 안고 방안에 틀어박혀 있으니 잡다한 생각으로 몸이 쇠잔해지는 기분이 들었다.

2월 1일, 요시히로는 얼어붙은 바깥 공기를 깨듯 말을 타고 하나노 고쇼로 달리기 시작했다. 쇼군을 만나기 위해서였다.

"혈색이 많이 좋아졌구나."

요시미쓰는 반갑게 요시히로를 맞았다.

"이번 달 10일, 병사를 이끌고 교토를 잠시 떠나려 합니다. 부디 허락해 주시옵소서."

"고향으로 돌아가려는 것인가?"

"센슈에 가 보려 합니다."

"너무 서두르는 것은 아닌가?"

요시미쓰는 웃었다.

"센슈에는 야마나 우지키요의 잔당이 아직 활동하고 있다 들었습니다. 지금 퇴치해 두는 편이 좋지 않을까 생각합니다. 시간이 지나면 사태가 더 복잡해질 수 있습니다."

"흠."

요시미쓰가 진지한 얼굴로 고개를 끄덕였다. 이 사람은 대체 어떤 사람이지, 하는 조금은 질린 얼굴처럼 보이기도 했다.

요시미쓰는 별다른 생각 없이 기슈와 센슈를 오우치 요시히로의 영지로 허락했다. 야마나의 구 영지를 분배할 때 그는 메이토쿠의 난에서 요시히로가 보여 준 훌륭한 싸움의 태도를 높이 사서 아낌없이 두 나라를 하사했다.

다른 무장들 사이에서 불만의 목소리가 없었던 것도 아니다. 모두 요시히로 정도의 활약은 했다고 자부하고 있었다. 그러나 필사적인 충근의 모습을 강하게 각인시킨 것은 누가 뭐라고 해도 요시히로였다. 피투성이가 되어 쇼군의 본진에 나타나 원군을 청하는 요시히로의 남다른 모습을 보고, '새로운 행동 양식이군.' 하고 입을 삐죽대는 무장들도 많았다. 부상당한 몸으로 가마에 올라 진두지휘하는 요시히로를 곁눈으로 보면서 작위적인 행동이라고 생각한 사람도 있었는지 모른다.

그러나 오로지 헌신하는 자세를 보이려 한 요시히로를 요시미쓰가 호의적으로 생각한 것은 당연한 일이었다. 야마나씨가 장악하고 있던 영토 가운데 중요한 부분을 요시히로에게 하사함에 있어 요시미쓰는 일말의 고민도 없었다. 그러나 아직 상처가 다 아물지 않았는데도 요시히로가 병사를 이끌고 센슈로 돌진한다고 하니 당황스러웠다. 요시미쓰는 자신도 모르게 '아니, 이런?' 하는 얼굴을 하기는 했지만 그때만 해도 깊이 생각하지는 않았다. 즉, 요시히로가 센슈에 대해 그리고 있는 구상을 알 리 없었던 것이다.

당시의 사카이는 군사 요충지로서 무시할 수 없는 항구였다. 원래는 어항으로 번성한 곳이었는데, 농민을 포함하여 꽤 많은 민가가 밀집되어 있었고 상인도 모여 있었다.

남북조 쟁란이 시작되자 군사기지가 된 사카이 마을은 점차 성채로 변모해 갔다. 이 항구는 세토나이카이와 연결되어 있다. 그리고 배후에는 오사카와 교토, 나라가 자리하고 있다. 남조는 기슈의 요시노를 본거지로 두자 사카이를 확보하려 했다. 식량이나 물자를 풍부하게 손에 넣을 수 있고 교통면에서도 사카이를 확보해 둘 필요가 있었기 때문이다. 그것은 북조에게 있어서도 마찬가지였다. 남조에 사카이를 넘겨줄 수는 없었다.

양 세력이 사카이 쟁탈전을 격렬하게 전개한 것은 엔겐(延元) 3년(1338년) 5월로, 아직 아시카가 다카우지의 시대가 이어지던 때였다.

남군의 기타바타케 아키이에(北畠顯家)는 오사카 방면에서 부케가타의 북군에게 패해 후퇴하여 사카이를 공격했지만 결국 대패하고 전사했다. 이후 사카이는 부케가타가 지켰다.

무로마치 막부로부터 이즈미국 슈고를 임명받은 야마나 우지키요는 사카이에 본진을 두고 끊임없이 이곳을 노리는 남조 세력에 대비해 방위를 철저히 했다. 우지키요씨는 요충지였던 사카이를 지배하고, 또한 기이국 슈고로서 남조를 견제하면서도 한편으로는 교토의 쇼군에게 은근히 힘을 과시해 왔다. 그것이 요시미쓰의 경계심을 자극하여 메이토쿠의 난이 일어나게 된 하나의 요인으로 작용했다.

사카이를 둘러싼 상황에 대해 말해 보자면, 요시히로의 센슈 슈고직 임명은 그가 쇼군의 절대적인 신용을 얻었음을 반증하는 것이었다. 말하자면 요시미쓰와 요시히로의 밀월 시대가 시작된다는 뜻이기도 했다.

요시히로가 아직 자유스럽지 못한 몸을 이끌고 사카이에 들어가려 하는 것은 그 땅이 하루라도 눈을 뗄 수 없는 중요한 곳이기 때문이었다. 그러나 그때 아주 잠깐의 순간, 요시미쓰는 과거의 야마나 우지키요의 모습을 요시히로에게서 보았다. 두 사람 모두 무의식중에 지금 막이 오른 밀월 시대를 결국 파탄으로 이끌 빌미를 보이고 만 것이다.

쇼군에게 예고한 대로, 요시히로는 2월 10일 병사를 이끌고 교토를 나가 같은 날 사카이에 도착했다.

야마나 우지키요가 사카이의 본거지에서 막부군을 맞지 않고, 다시 말하면 막부군을 기다리지 않고 스스로 교토를 침공했기 때문에 사카이는 전쟁의 불길에 휩싸이지 않았다. 요시히로는 야마구치에서 도착한 병사 약 천삼백 명과 함께 사카이로 들어갔다. 당시 사카이에는 약간의 야마나 잔당이 남아 있었다. 이들은 싸움의 상대가 되지 않았고, 어느새 사방으로 흩어져 사라졌다.

"성가시긴 하군."

히라이 미치스케가 말했다.

"무엇이 성가시다는 말인가?"

말을 생략하여 때때로 수수께끼 같은 말을 하는 미치스케에게 요시히로는 고개를 갸웃거리며 물었다.

"사카이 사람들이 야마나 병사들에 대해 지나치게 냉담하다고 생각하지 않습니까? 야마나는 어제까지 이곳의 슈고였습니다. 악정을 펼쳤다면 당연히 그 소문이 자자했을 텐데 그렇지도 않습니다. 그럭저럭 다스려 왔다면 얼마간 정이 들기 마련이지요."

"그런 기색이 전혀 보이지 않는다는 것인가?"

"잔당이 민가에 숨어 있는 것을 일부러 고발하는 자들이 적지 않다는 게 조금 이상합니다."

"사카이 사람들은 야마나를 싫어하는군."

"야마나라기보다 북조에 호의를 갖고 있지 않다는 것이겠지요."

"남조 편인가?"

"그렇습니다. 그러니까 오우치에 대해서도 마찬가지일 것입니다. 일이 성가시게 되었다는 것은 그러한 뜻입니다."

"이쪽 땅의 성격이 그러하다면 방법이 없지 않은가?"

"도리가 없지요. 앞으로는 사카이 사람들의 마음을 얻을 수 있도록 방법을 강구해야 하겠습니다."

미치스케는 그 방법의 하나로서 가능한 고압적인 태도를 취하지 말고 연공(年貢) 등의 징수도 유연하게 하자고 진언했다. 즉 환심을 사자는 것이었다.

아시카가 다카우지 쇼군 시절, 남북 양 세력이 사카이 쟁탈전에서 피를 흘린 엔겐 2년(1337년)에 작은 사건 하나가 일어났다. 사카이의 어상 한 사람이 요시노와 내통한 혐의를 받아 북조 쪽으로부터 영업 금지를 당했다. 그 상인은 사카이에서 일어나는 북군의 움직임을 낱낱이 남조 측에 알려 왔다고 한다. 사카이 사람들이 남조에 호의를 가지고 있다는 일례일 것이다. 야마나 우지키요는 그런 사실을 알고 있으면서도 신경 쓰지 않았다. 강압적으로 민중을 지배하는 데 익숙해진 것이었다.

요시히로는 미치스케의 의견을 받아들여 사카이의 민심을 회유했다. 목적이 있었기 때문이다. 사카이 항을 하카타 항에 비견할 만한 무역 기지로 만드는, 그런 막연한 계획을 가슴속에 그리고 있었던 것이다.

하카타를 기지로 하여 고려와 무역을 하고 싶다고 요시히로는 규슈 출병 때부터 생각하고 있었다. 그러나 규슈 단다이 이마가와 료슌은 고려에서 사절이 오면 그들의 호위를 명할 뿐, 요시히로가 중간에 끼어드는 걸 허락하지 않았다. 오우치씨의 규슈 진출을 저지하는 료슌에 대해 내심 강한 불만을 가지고 있던 차에, 요시히로는 생각지도 않게 사카이 항이 있는 센슈를 손에 넣은 것이었다.

'고려나 명의 배를 사카이로 오게 만들 수는 없을까.' 하고 요시히로는 생각했다. 사카이는 교토와 가깝고 무엇보다 거대 소비 시장이 있는 오사카를 끼고 있다. 고려나 명과 거리가 멀기는 해도 상업 항구로서 하카타보다 유리한 입지 조건을 가지고 있는 것이다. 어항이나 군사 기지로만 사용하는 것은 참으로 아까운 일이 아닐 수 없다. 명과 교역하는 데 대해서는 쇼군도 이미 형식적으로 비굴한 자세를 취할 작정을 하고 있었다. 요시미쓰가 마음만 먹는다면 사카이는 오우치씨의 손에서 크게 달라질 수 있다. 그러나 그것은 사카이를 본거지로 삼았던 야마나 우지키요가 막부에 대하던 것과 같은 형식이다. 요시히로는 이에 대해서는 그다지 심각하게 고민하지 않았다. 제대로 해 보겠다는 막연한 자신감에만 넘쳐 있었다.

요시히로는 야마나 우지키요가 살던 사카이의 저택을 그대로 이용하기로 했다. '육분일중'이라 불렸던 야마나의 위세를 짐작하게 하는 웅장한 저택이었다. 요시히로는 그곳에서 지내며 새로운 영토가 된 이즈미국의 슈고로서 정력적으로 일했다. 3월 벚꽃이 필 무렵이 되자 상처도 거의 나았고 체력도 회복되었다.

먼저 사카이 항의 정비에 나섰다. 선착장을 신설하고 여러 나라의 배가 자유롭게 드나들 수 있도록 항구를 활짝 열었다. 사카이 항을 지배하게 된 이후, 본거지 스오와 왕래하기도 꽤 편리해졌다. 미타지리와 사카이를 잇는 항로는 온화한 세토나이카이에 있다. 이 두 곳은 한 줄기 띠와 같이 좁게 흐르는 바닷물로 이어져 있다. 기분상으로도 스오와 긴키(近畿)는 단숨에 거리가 짧아진 듯했다.

사카이의 새로운 양상이 알려지자 소규모였지만 교역을 원하는 여러 나라의 배가 조금씩 들어오게 되었다. 내외의 배가 드나드는 항구로서는 다이라노 기요모리(平清盛) 시대에 개척된 효고 항이 유명하다. 그러나 이대로 간다면 사카이가 주요 항구로 대두될 수 있다. 이는 허황된 꿈이 아니었다. 결국 '동양의 베니스'로 불리며 내외의 배가 모여드는 자유항 '사카이'는 그렇게 요시히로의 손에 의해서 개발되기 시작했다.

사카이를 중심으로 한 이즈미국의 경영은 순조롭게 진행되었다. 신경이 쓰이는 것은 역시 기이였다. 벚꽃이 필 무렵이 되자, 요시노에 저항의 본거지를 두고 더욱 기세를 올린 남조의 존재가 요시히로의 마음을 무겁게 만들었다. 자신의 영토 가운데 그러한 본거지를 방임하는 것 자체가 있을 수 없는 일이라고 생각했다. 또한 사카이 항구의 안전도 끊임없이 위협받고 있었다.

야마나 우지키요는 요시노 조정에 대해서 특별히 손을 쓰지 않았다. 말하자면 방관하는 태도를 견지했다.

당시 남조는 현저하게 세력이 쇠약해진 것도 사실이었다. 실제로 막부에게 있어서 큰 위협 세력이 되지는 못했다. 사카이 쟁탈전이 반복되던 엔겐 4년(1339년)에 고다이고 천황(後醍醐天皇)이 붕어하고, 황태자 노리나가 신노(義良親王)가 즉위하여 고무라카미 천황(後村上天皇)이 되었다. 그리하여 북조에 대항하는 선제의 유지를 이어 가기는 했다. 그 후, 남조 세력은 고카메야마 천황(後龜山天皇) 대에 갑자기 쇠미해졌다. 역으로 아시카가 요시미쓰를 쇼군으로 둔 막부의 권력은 날로 강화되었다. 남조의 염원이었던 교토 회복은 이제 가망이 없게 되었다.

'화해를 바라지는 않을까.'

요시히로는 문득 이러한 생각이 들었다. 궁지에 몰린 남조 세력이 불운한 처지를 힘겨워하다 자멸할 정도라면 화해의 길을 모색하는 것이 현명할 것이다.

'60년에 걸친 남북조 쟁란 때문에 어마어마한 피를 흘렸고, 무익한 전쟁에 휘말려 많은 민중이 고통받았다. 조정이 이래서는 안 된다.'

요시히로는 북조에 대해서도 이렇게 말하고 싶었다. 그리고 자신이 그 중개자로서 적임자라는 생각이 들었다. 아시카가와 혈연관계는 아니지만 새로이 기이국의 슈고가 된 것을 계기로 남북조 통일을 기획하는 것은 자연스러운 일인지도 모른다. 요시히로는 스스로를 격려하면서 별안간 커다란 역할을 짊어진 자신에게 고양된 시선을 던졌다.

# 순풍

“순풍이로군요. 말 그대로.”

히라이 미치스케가 말했다.

“이 정도로 만족하면 안 된다. 지금부터다. 해야 할 일이 산더미야.”

요시히로는 진중한 표정으로 대답했다. 조금 전부터 눈을 감고 있었던 것은 그런 생각을 하고 있었기 때문이다. 서로의 생각이란 입장에 따라 조금씩 다르겠지만 가슴속의 감회는 상통하는 것이 있었다.

메이토쿠 4년(1393년) 봄, 요시히로는 사카이 항에서 나와 세토나이카이를 통해 스오로 향하는 배 안에 있었다.

쇼군을 따라 처음 상경한 이후 벌써 4년이라는 세월이 지났다. 주뼛주뼛하며 교토의 마을을 구경하던 게 마치 어제 일 같다.

메이토쿠의 난에서 위험천만하게 목숨을 잃을 지경이었지만 그 헌신적인 모습을 쇼군 요시미쓰에게 인정받고 난 뒤로부터는 모든 일이 순조로웠다. 그 가운데서도 요시히로의 존재를 일약

유명하게 만든 것은 남북조 통일의 중개자로 활약하며 그것을 성공시킨 일이다. 요시히로는 통일을 위한 사전 공작을 했을 뿐, 당연히 표면적인 절충은 양조를 대표하는 유서 깊은 혈통의 권신들이 맡았다.

남조 측이 크게 양보하여 고카메야마 천황의 교토 환궁이 실현된 것은 메이토쿠 3년(1392년) 윤 10월이었다. 오우치 요시히로의 이름이 정식으로 등장하지는 않았지만 진정한 공로자가 그라는 사실은 누구나 인정하는 바였다.

57년간 이어져 온 남북조 쟁란은 이것으로 일단락되었다. 사람들은 새삼스레 기이국 슈고인 요시히로의 실력을 다시금 확인하게 되었다. 야마나씨를 비롯하여 지금까지의 슈고들이 하지 못했던 일을 한 것이다. 그것은 이즈미, 기이를 포함하여 여섯 개 나라의 슈고를 맡은 오우치씨의 세위가 있었기에 가능한 일이었다.

권력의 면에서 보자면 야마나 우지키요도 그런 일을 할 수 있었을 테지만 그는 팔짱을 끼고 수수방관하였다. 요시히로는 사카이에 처음 갔을 때 부하 히라이 미치스케가 한 말, 즉 사카이 사람들이 남조 편에 서 있다는 말을 듣고 번쩍 생각이 떠올랐다. 사카이에서 선정을 펼쳐 그것을 기반으로 하여 남조에 접근할 수 있지 않을까, 하는 것이었다. 그것이 이상할 정도로 잘 진행된 것은 강을 건너려는데 나루터에 배가 있는 것처럼 남조 측의 상황 때문이었는지도 모른다. 요시히로가 교토 환궁에 대해 미리

의논하려 하자 남조 측은 냉큼 손을 잡으며 달려들었다. 남은 것은 형식적인 교섭 정도였다.

단 한 가지, 요시히로가 신경 쓰이는 부분이 약간 있었다. 그것은 바로 쇼군 요시미쓰의 태도였다. 요시히로에 대한 주위의 칭찬에 비해 쇼군의 찬사는 아무리 봐도 의례적인 것이었다. 생각하기에 따라서는 묘하게 비난하고 있는 것 같기도 했다. 이에 대해서는 요시히로도 짐작이 가는 바가 있었다. 즉, 남북조 통일의 공로를 요시히로 혼자 독점하고 있는 것이 문제인 것이다. 처음부터 쇼군의 명령에 따라 일이 진행된 것처럼 꾸미는 게 좋았을 수도 있지만, 그렇게 했다면 요시히로가 이토록 찬사를 받지는 못했을 것이다. 요시히로는 당시에 힘을 과시하던 자신의 언동을 기억한다.

그렇지만 남북조 통일은 무로마치 막부가 지고 있던 어깨의 짐을 내린 결과를 가져오지 않았는가, 어떠한 형태로든 보상이 있어야 하지 않는가, 하고 요시히로는 생각했다. 요시미쓰는 그러한 요시히로의 마음을 꿰뚫어 보듯, 평소 마음에 들어 하던 신하이자 남조와의 교섭에 임한 요시다 가네히로(吉田兼熙)의 노고만을 치하하고 위로했다.

미타지리 항구에 도착해 보니 선착장에는 엄청난 수의 가신들이 마중을 나와 있었다. 그리고 그 중앙에는 오미쓰가 있었다.

'아아, 나와 있구나.'

요시히로는 중얼거리면서 뒤로 돌아 유키히메—이제는 오유키라고 부르는 편이 적합할 것이다—를 힐끗 쳐다보았다. 뱃멀미 때문에 매우 지쳐 있었다. 거북스러운 대면이 기다리고 있는 것을 생각하면 오히려 잘된 일인지도 모른다고 요시히로는 생각했다.

"어서 오세요."

오미쓰는 변함없이 쾌활하게 말했다. 조금 살이 찐 듯했다.

"내가 없는 동안 고생이 많았소. 건강한 모습을 보니 안심이 되는구려."

요시히로가 우물거리듯 말하며 사 년 만에 보는 아내에게 웃어 보였다. 먼발치에서 여종의 시중을 받으며 오유키가 걸어오고 있었다. 요시히로가 오유키를 가리키려 하자 오미쓰가 말했다.

"자, 말을 준비해 두었습니다. 야마구치 야카타까지 저와 함께 달려 주시겠습니까?"

얼굴이 소녀처럼 빛나고 있었다. 오미쓰는 요시히로에게 시집올 때와 같이 암적색의 소박한 통소매 옷을 입고 있었다. 비가 그친 뒤 안개가 자욱한 오도노오지에 모습을 드러낸 오미쓰를 놀란 눈으로 바라보던 그때가 생각났다.

"좋소."

요시히로는 가져온 말에 올라타서 달리기 시작했다. 오미쓰가 그의 뒤를 따랐다. 당황한 부하들도 줄지어 달리기 시작했다.

두 사람은 어느 틈엔가 나란히 달리고 있었다.

"유키에 대해서는 알고 있었소?"

요시히로가 큰소리로 말했다.

"네. 모두."

"누구에게 들었소?"

"히라이 도노가 소식을 전해 주었습니다. 놀라지 말라며."

"이놈!"

채찍을 휘둘렀다. 말은 속력을 내기 시작했다. 길이 좁아졌기 때문에 오미쓰는 가만히 요시히로의 뒤를 따랐다. 한숨 놓이는 기분으로 요시히로는 오랜만에 스오의 거리를 마음껏 달렸다.

며칠 후, 오미쓰가 조금 뻣뻣한 태도로 말했다.

"오유키 님이 회임한 것은 알고 계신지요?"

"!?"

요시히로는 전혀 모르고 있었다.

귀향 날짜가 정해지자 오유키는 집요하게 요시히로를 찾았다. 정실이 있는 야마구치에서의 생활을 그려 보며 자신을 빨리 독점해 버리려는 여자의 마음을 모르는 것도 아니었지만, 요시히로는 어쩐지 성가시게 느껴졌다. 멍청하게 오유키를 품으면서도 임신한 사실은 눈치채지 못했다.

"사 개월 되었다 합니다."

겉으로 잘 드러나지 않는 체질인가? 왜 귀띔해 주지 않았을까? 요시히로는 혼자 생각하면서 고개를 갸웃거렸다. 오미쓰는 다시 말을 이었다.

"오유키 님은 이곳이 지독한 시골이라며 푸념하고 있다 합니다. 교토에서 자란 분이라 적응하기에는 시간이 좀 걸릴 것입니다."

"……."

요시히로는 답을 찾지 못했다. 여자들끼리 서로 속을 떠보는 일이 벌써 시작된 것이다. 당혹스러웠다.

"저도 아이를 가지게 해 주십시오."

오미쓰가 돌연히 말했다. 오랫동안 생각해 온 모양이었다. 크게 뜬 눈동자에는 눈물이 고여 있었다. 가여운 마음에 끌어안기는 했으나 오유키의 뱃속에 자신의 아이가 있다는 사실을 들었을 때의 가슴 떨림이 아직 남아 있다.

전장에서 세월을 보내다 이 나이에 겨우 아버지가 되게 되었다. 떨림과 기쁨이 뒤섞여 요시히로의 마음은 진정되지 않았다.

다음 날, 별동에 있는 오유키의 방을 찾았다. 당분간 바빠질 것 같다.

"아이가 생겼다고? 왜 말하지 않았느냐?"

"글쎄요. 왜일까요? 저도 잘 모르겠습니다. 오미쓰 님으로부터 들으셨습니까?"

"누군가가 말해 주었겠지."

"그런 줄은 알고 있었지만 오미쓰 님은 충성스러운 부하들을 두셨군요. 제 귀에는 아무 말도 들어오지 않았습니다."

"아무튼 좋은 일이다. 이왕이면 남자아이라면 좋으련만."

"저도 그렇게 바라고 있습니다."

"무엇보다 몸조심 하여라."

요시히로는 한껏 부드러운 목소리로 말했다. 오유키는 요시히로가 임신 소식을 듣고 달려올 것이라 예상하고 있었던 듯했다. 야마구치에 도착하여 정실과 대립하기 시작할 때에 수태 사실을 알리는 편이 좋을 것이라 계산한 거겠지, 하고 요시히로는 생각했다.

오미쓰보다 오유키와 생활한 세월이 훨씬 길다. 오래 살다 보니 뜻밖의 모습을 발견하여 놀라는 일이 적지 않았다. 예를 들면 오유키는 자신이 귀족 출신이라는 것을 조금 으스대는 면이 있기도 했다.

'오미쓰에게서도 점차 의외의 모습을 발견하게 되겠지.'

요시히로는 어울리지 않게 벌벌 떨리는 듯했지만, 한편으로 오미쓰에게는 이상할 정도의 깊은 신뢰감을 가지고 있었다. 이제야 겨우 여자란 알 수 없는 동물이라고 말할 수 있을 것 같았다.

어찌 됐든 현재 요시히로의 마음속에는 오유키가 아이를 가지고 있다는 사실만 자리하고 있었다. 그리고 남자아이가 태어나기를, 그것만을 기원했다.

해가 바뀌어 오에이 원년(1394년) 정월, 오유키는 바라던 대로 사내아이를 낳았다. 이후 오우치씨 27대 영주가 되는 모치요(持世)이다.

끊임없이 아이를 바라던 오미쓰는 오에이 3년(1396년)에 여자아이를 낳았다. 그리고 다음 해에 그토록 원하던 남자아이를 낳았다. 이후에 모치요와 상속을 다투게 되는 모치모리(持盛)이다.

요시히로는 한동안 야마구치에 머물며 이복형제들의 성장을 지켜보고 또 영내의 발전에도 힘썼다. 작은 교토 야마구치에서 여유롭게 지내기도 했고 규슈에 출병하여 남조의 잔당들과 싸우기도 했다.

요시히로는 더 이상 전투를 바라지 않았지만 일부러 피하지는 않았다. 오히려 필요하다면 귀족의 평상복을 벗어던지고 갑옷차림으로 맹렬하게 적과 싸웠다.

요시히로가 규슈 단다이 이마가와 료슌의 해임을 알게 된 것은 야마구치로 돌아와서 2년 반이 지난 후인 오에이 2년(1395년) 가을이었다.

당시 료슌은 막부의 명령을 받아 오스미(大隈) 사쓰마(薩摩) 정벌에 의욕을 불태우고 있었다. 당연히 료슌은 요시히로에게 출병을 명령했지만 요시히로가 주저하는 사이에 료슌에게 귀경명령이 떨어졌다. 그 이전까지 요시히로는 료슌의 명령으로 몇 번이나 남조 세력의 잔당 소탕에 차출된 적이 있다. 그럴 때마다 료슌은 규슈 단다이의 권위를 과시하며 변함없이 '쇼군을 위해 일하도록' 하고 존대하는 태도를 보여 왔다. 요시히로가 교토에서 돌아온 이후에는 이러한 태도가 전보다 훨씬 심해졌다. 차라리 자신을 위해 힘을 빌려 달라고 솔직하게 말한다면 기꺼이 나가서 싸울 것이다.

귀경명령을 받은 료슌은 요시미쓰에게로 출사했다. 그에게 있어서는 생각지도 못한 해임이다. 그 소식을 접한 분고의 오토모씨는 이내 시마즈에게 료슌의 해임을 기뻐하는 편지를 보냈다고 한다. 겉으로는 료슌을 따르고 있는 것 같던 오토모씨조차 그를 혐오하고 있었던 것이다. 실제로 시마즈도 막부에는 복종했지만 이마가와에게는 반발하고 있었다.

료슌의 경질은 당연한 조치였고, 몰래 박수가 일기도 했다. 그 중에서도 료슌의 해임을 가장 반긴 사람은 요시히로였다. 분에 넘치는 료슌의 행동과 규슈에서 사적인 뿌리를 내리려는 그의 속셈을 쇼군의 귀에 넌지시 불어 넣은 것이 이런 결과를 낳았는지도 몰랐다.

료슌에 대한 혐오감이 심해져 가던 때이기도 해서 요시히로는 그다지 죄책감을 느끼지도 않았다. 그리고 요시히로는 기대했다. 료슌의 후임으로 자신이 규슈 단다이 자리에 앉게 되는 것은 아닌가, 하고 내심 기다리고 있었던 것이다. 기세를 한창 올리던 때였기에 자신감이 가득했던 것도 사실이었다. 하지만 그 기대는 보기 좋게 어긋났다. 순풍에 돛 단 격으로 만사가 순조롭던 그는 처음으로 좌절감을 맛보았다. 오에이 3년(1396년) 3월, 쇼군은 새 규슈 단다이에 시부카와 미쓰요리(澁川滿賴)를 임명했다.

일이 생각대로 전개되지 않자 요시히로는 최근 쇼군이 자신을 대하는 태도를 새삼 반추하게 되었다. 여러 가지로 짐작 가는 대목이 있었다. 이런저런 생각을 하며 지내는 가운데, 신임 규슈 단다이 시부카와 미쓰요리가 야마구치로 찾아왔다. 부임 도중이기는 하지만 료슌도 그렇게 한 것처럼 요시히로에게 협력을 구하러 온 것이다.

미쓰요리는 생각했던 대로 평범한 인물이었다. 료슌의 뒤를 잇기에는 포부도 없어 보였고 판에 박힌 일만 할 무장으로밖에 보이지 않았다. 이 자라면 규슈에서 세력을 펼치고 막부를 위협할 리 없다. 료슌을 해임하고 요시히로를 견제하며 미쓰요리를 단다이로 선택한 쇼군 요시미쓰의 목적은 바로 그런 것이었다.

'쉬운 상대로군.'

요시히로는 정중하게 미쓰요리를 대접하고 다자이후까지 이백 명의 기사가 호위하도록 명령했다.

"오우치 도노께서 꼭 한 번 단다이 야카타에 와 주십시오."

미쓰요리가 미덥지 않은 말을 했다.

"기꺼이."

요시히로는 대답하면서 정말로 한 번 찾아갈 작정을 했다. 규슈에서는 아직 쇼니와 기쿠치 등이 틈을 노리며 봉기를 일으키려 하고 있었다. 미쓰요리 혼자서는 도저히 상대할 수 없다. 내키지 않아도 오우치씨가 관여하게 될 것임을 요시히로는 알고 있었다.

# 칠 주七州의 태수太守

요시히로가 제일 처음 노린 것은 고려와의 무역이었다. 이마가와 료슌이 은밀히 진행시키고 있던 사업을 자신의 손에 넣는 것이었다.

신임 규슈 단다이 시부카와 미쓰노리는 그저 자리에 앉아 있는 단다이에 지나지 않았다. 때문에 요시히로는 마음대로 일을 할 수 있었다. 그는 단다이를 보좌한다는 명목으로 다자이후로 들어갔다. 규슈 단다이가 있기 때문에 치쿠젠국은 막부의 직할령과도 같지만 요시히로는 자신이 마치 슈고인 양 휘젓고 다녔다.

해외무역을 계획하기 위해서는 절대적으로 하카타 항이 필요했다. 지금 요시히로는 료슌이 가로막고 있던 것을 손에 넣고자 했다.

한편, 고려는 남북조 통일이 이루어진 해에 멸망하고 말았다. 고려는 분에이 · 고안의 역(文永 · 弘安の役, 몽고와 고려 연합군의 일본 침공)에 출병을 강요받은 이후 국력이 쇠잔해졌다. 또 북원

을 지지하는 파와 명을 지지하는 파가 대립하는 내분이 일어나, 결국 명을 지지하는 이성계에 의해 고려왕조는 멸망하고 조선왕국이 건국되었다.

왜구도 고려멸망의 한 원인이 되었다고 일컬어진다. 그것을 교훈 삼아 조선왕국은 고집스럽게 나라의 문을 닫기보다는 십년일공(十年一貢, 십 년에 한 번 조공무역을 실시함) 형식으로 나라의 문을 여는 것이 상책이라고 판단했다. 또한 규슈 세토나이카이의 해적을 견제하는 오우치씨의 무력도 한 수 위로 여기며 인정해 주기도 했다.

오우치의 무력에 의지하는 것은 규슈 단다이 시부카와 미쓰요리도 마찬가지였다. 남조의 잔존세력은 료슌의 노력 덕분에 거의 소탕되었지만 여전히 간헐적으로 저항이 일어나고 있었다. 그 진압에는 요시히로가 나섰다. 과감하게 싸움에 임하는 한편, 요시히로는 조선왕국과의 교역에 대비하여 착실히 준비해 나가고 있었다.

먼저 쇼군의 국서를 받아 조선으로 사절을 보내 국교를 청하였다. 명국과 가까워지기를 바라던 요시미쓰는 그 전 단계로서 일본과 조선의 교류를 기대하며 요시히로의 획책을 관망하고 있었다.

"귀국에서도 꼭 사절을 보내어 주십시오. 하카타와 교토 간의 송영은 오우치씨가 책임지겠습니다."

이에 대한 조선왕의 회신은 매우 호의적이었다. 일이 년 내에는 실현시키고 싶다고 했다. 이러한 사전 교섭을 위해 사자를 파견할 때, 요시히로는 별도의 서간 한 통을 사자에게 부탁했다.

"오우치씨는 백제의 시조 고씨의 자손이 일본에 망명한 후 귀화한 자의 피를 이어받은 자손입니다."

"이는 처음 듣는 일이로구나. 사신에게 조사를 시키도록 해라."

정종은 이렇게 말했다고 한다.

"오우치씨는 백제 왕족의 후예입니다."

요시히로가 교토에서 이 사실을 공표한 이후, 그는 시간이 흐름에 따라 이러한 사실을 점점 더 확신하게 되었다. 그것은 조선왕국과의 교역을 실현시키려는 의욕이 끓어오르면서 더욱 강하게 의식하게 된 것이기도 했다. 정종에게 이러한 사실을 일부러 알린 것은 소기의 목적을 달성하기 위한 계산된 행동이었지만, 자신의 마음속에 자라고 있는 조선왕국에 대한 친밀감이 그러한 서신을 쓰게 만든 것도 사실이었다.

요시히로는 사절단의 배에 과분할 정도의 진상품을 가득 실어 보냈다. 그에 대한 답례품에도 역시 경전, 서화와 같은 귀한 물건들이 많이 포함되어 있었다. 그 이후 양쪽이 종종 왕래를 하는 가운데 일종의 사무역과 같은 형태가 만들어져 갔다.

'이마가와 료슌도 고려와 이런 식으로 무역을 한 것은 아닐까.'

그렇게 생각하니 왠지 모를 경쟁심도 솟구쳤다. 무역의 실무는 하카타의 상인에게 맡기고 이윤의 일부를 오우치씨가 가지는 방식을 취했다. 이제 막 착수한 단계임에도 불구하고 예상 외의 이익금이 들어왔다. 이대로 간다면 대단한 재력을 쌓을 수 있을 것 같았다.

—칠 주의 태수.

서국의 사람들은 요시히로를 그렇게 불렀다. 칠 주란 치쿠젠, 부젠, 나카토, 스오, 이와미, 이즈미, 기이를 말한다. 그 가운데 치쿠젠을 오우치 영토로 간주하는 것은 부당한 것이라 육 주라고 해야 옳지만 요시히로가 부정하지 않았기 때문에 칠 주의 태수라는 명칭은 그대로 통용되었다.

마흔이 된 요시히로는 태생적으로 큰 골격에 군살도 붙기 시작했다. 전장에서 단련된 무장의 투혼이 서린 수려한 용모에는 이제 장중한 위엄마저 느껴졌다.

"머리를 깎은 모습이 흡사 불가의 스님 같습니다."

히라이 미치스케가 놀리듯 말했지만 정말 그렇게 보이기도 했다. 머리를 깎은 요시히로가 야마구치의 오우치 야카타 접견실에 무겁게 앉아 있는 모습은 법황(法皇)을 연상시킬 정도로 관록이 있어 보였다. 체발(剃髮)은 쇼군 요시미쓰를 따라한 것이다. 오에이 원년(1394년), 요시미쓰는 쇼군직을 아들 요시모치(義持)에게 물려주고 염원하던 다이죠 다이진(太政大臣)의 자리에 앉았다.

메이토쿠의 난을 거치고 남북조 통일이 된 이후, 요시미쓰의 태도는 더욱 거만해졌다. 조정의 저항도 있었기에 요시미쓰는 꽤 시간이 흐른 후에야 다이죠 다이진에 임명되었다. 그 지위를 겨우 획득한 요시미쓰는 그러나 다음 해에 지위를 내놓고 머리를 깎았다. 법의를 걸치는 목적은 그칠 줄 모르는 그의 야심 때문이었다. 다이죠 다이진보다 더 높은 지위에 있는 것은 천황이다. 사실 요시미쓰는 스스로 법황인 체하며 주변의 모든 형식을 법황에 준하는 것으로 바꾸었다.

요시미쓰가 삭발하자 그에게 영합하려는 자들은 서로 경쟁이라도 하듯이 출가했다. 시바 요시유키, 호소카와 요리모토, 잇시키 아키노리와 같은 다이묘를 비롯하여 귀족만 하더라도 열 명 정도가 머리를 깎고 요시미쓰를 따랐다. 자연히 요시미쓰는 매서운 눈으로 얼마나 많은 사람이 자신을 따르는지 그 동향을 살피게 되었다.

"나도 머리를 깎지 않으면 안 되겠지."

요시히로는 웃으며 미치스케에게 말했다.

"싫으시겠지만, 일부러 대세를 거스를 필요는 없지 않겠습니까. 삭발한 머리도 깨끗해 보이고 좋습니다."

미치스케는 천진난만한 표정으로 자신의 머리를 두드려 보였다. 메이토쿠의 난 직후 미치스케는 축발(祝髮)이라 말하며 머리를 깎았다. 그러나 그것은 표면적인 이유였다. 실제로는 히로마사의 죽음에 책임을 느꼈기 때문이었다.

이리하여 요시히로도 체발을 하게 되었다. 여러 무장과 귀족들의 영합은 불쾌하고 마음이 내키지 않는 추종이었지만 미치스케의 말처럼 머리카락 따위로 요시미쓰에게 밉보일 필요는 없다고 생각했다. 조선왕국과의 교역 문제도 남아 있다. 여전히 막부의 실권을 쥐고 있는 요시미쓰와의 관계는 그래서 더 중요했다.

오에이 4년(1397년) 7월, 요시히로는 규슈로 출병하라는 막부의 명령을 받았다. 지금까지 규슈 단다이의 요청을 받아 단속적으로 봉기하는 쇼니씨를 진압하기 위해 출동한 바는 있지만, 막부로부터 직접 명령이 내려오는 일은 거의 없었다.

쇼니, 기쿠치, 나와(名和)는 연합하여 가네나가 신노(懷良親王)의 아들 료소오(良宗王)를 받들어 히고의 야쓰시로 성(八代城)에 들어갔다. 여기에 치바, 오무라의 호족들이 따르면서 꽤 많은 무리의 남조 잔당이 움직이기 시작했다.

요시히로는 미쓰히로와 모리하루 두 동생에게 오천 명의 병사를 데리고 출병할 것을 명했다. 그러나 전선이 넓고 적의 숫자도 많아서 싸움이 길어졌다. 요시히로는 삼천 명의 군사와 함께 규슈로 향했다.

더위가 한창이었다. 전투도 전투지만, 넓은 전장을 이동하고 달리는 데 병사들은 이미 지쳐 있었다. 그러나 오토모 치카요(大友親世)의 군사와 합세하여 야쓰시로 성을 공략하고 8월 말에는 야마구치로 돌아올 수 있었다. 치쿠젠의 쇼니를 토벌하고 돌아오는 동생들의 군사와 도중에 고쿠라에서 합류했다. 그리고 미쓰히로의 전사 소식을 받게 되었다.

전장에서 자진하여 용맹하게 싸우는 형 요시히로를 본받아서인지, 미쓰히로도 후방에서 지휘만 하는 무장은 아니었다. 당시 치쿠젠의 핫타에서 쇼니씨에 맞서 싸우다, 미쓰히로는 적에게 둘러싸여 자결했다고 한다.

“미쓰히로가 죽었는가.”

사람들 앞에서는 거의 흐트러진 모습을 보이지 않던 요시히로가 이때만큼은 검게 그을린 얼굴로 슬픔을 보이며 고개를 떨구고 눈물을 흘렸다.

미쓰히로가 아버지 히로요의 말에 꾀여 나가토의 사카리야마성에 들어박혀 반기를 든 것은 이미 17년 전의 일이다. 규슈 출병 중에 요시히로는 곧장 병사를 되돌려 미쓰히로 토벌에 나섰다. 동생의 모반에 분노를 느끼면서도 진압 당시 자결하려는 동생을 그는 용서해 주었다.

과거의 잘못을 뉘우친 미쓰히로는 이후 형에게 충성을 다했다. 요시히로가 상경하여 자리를 비웠을 때 오우치를 잘 지킨 것도 미쓰히로였다. 이런 동생이었기 때문에 메이토쿠의 난에서 히로마사를 잃었을 때보다 훨씬 더 깊은 슬픔이 요시히로를 덮쳤던 것이다. 요시히로는 막부에 보고하면서 특히 동생 미쓰히로의 죽음을 강조했다. 언젠가 미쓰히로의 아들에게 쇼군으로부터 감사장이 도착할 것이라 생각했다. 그것이 유족에게 있어서 조금이나마 위로가 될 것이라 기대했다. 하지만 막부에서는 아무런 소식이 없었고, 그렇게 오에이 4년(1397년)은 저물어 갔다.

오에이 5년(1398년) 봄이 되었을 때, 요시히로는 기괴한 소식을 듣게 되었다. 그가 막부 명령에 따라 토벌한 쇼니씨와 기쿠치씨에게 요시미쓰가 은밀히 '오우치 토벌' 명령을 내렸다는 것이었다. 처음 들었을 때는 그저 웃어 넘겼다.

"아마 쇼니 일당이 오우치와 막부 사이를 갈라놓으려고 그런 말을 하고 다니는 거겠지."

"그렇게 생각하는 수밖에 없지요."

히라이 미치스케도 이렇게 말하며 웃고 말았지만, 쉰을 넘기고 난 뒤 이마의 주름이 한층 깊어진 그의 얼굴에는 흐릿한 그늘이 졌다. '혹시' 하는 마음이 들었기 때문이다. 요시미쓰가 쇼니씨 일당에게 요시히로 토벌 밀령을 내렸다는 소문은 이후에도 여러 방면에서 심심찮게 들려왔다. 요시히로는 처음에는 심각하게 생각하지 않았지만, 지금은 그 소문이 사실이 아니기를 바랐다.

그러한 와중에 더욱 무거운 소문이 흘러 들어왔다. 요시미쓰가 오우치씨에게 하사한 이즈미, 기이 두 나라를 회수하고자 한다는 것이었다.

하카타 항과 사카이 항은 세토나이카이로 이어져 있다. 해외와의 교류가 번성하면서 크게 부상한 이 두 항구를 오우치씨가 지배하는 것이 결국 막부를 위협하게 된 것이다. 지금에 와서 요시미쓰가 알아차렸다고 해도 결코 이상한 일은 아니다. 이제 웃고 있을 수만은 없다.

이즈음, 약속대로 조선의 왕이 박돈지(朴敦之)를 정사(正使)로 한 사절단을 보내 왔다. 오에이 5년(1398년) 가을이었다.

# 왕족의 땅

조선왕국의 사절 박돈지를 호위하며 요시히로는 상경했다. 쇼군과의 면회가 끝나고 사절 일행은 잠시 교토에 머물렀다.

한숨을 돌리고 있는 찰나, 요시미쓰가 요시히로를 불렀다. 오년 만의 대면이다. 당시 요시미쓰는 하나노 고쇼를 요시모치에게 물려준 상황이었기 때문에 기타야마에 호화로운 별장을 지어 생활하고 있었다. 폐허가 되어 있던 사이온지 긴쓰네(西園寺公經)의 저택을 사들여 그것을 개조하고 화려하게 꾸민 것이었다. 공사에 열여섯 명이 봉공하고 또 여러 다이묘가 공사비 약 백만 관을 부담하였다고 한다. 현재의 로쿠온지(鹿苑寺, 金閣寺)에 그 흔적이 남아 있다.

요시미쓰는 마치 법황처럼 법의를 입고 있었다. 기타야마의 별장은 신덴(寢殿), 고고쇼(小御所), 덴죠노마(殿上の間), 쓰네고쇼(常御所) 등이 마련된 장려한 것으로, 상황(上皇)의 궁전인 센도고쇼(仙洞御所)를 모방한 것이었다.

덴죠노마의 가장 높은 자리에 앉은 요시미쓰는 이전보다 한

층 거만한 자세로 요시히로를 내려다보았다. 앞으로 조선과의 무역을 어떻게 진행시킬 것인가에 대해 설명하는 요시히로의 말을 태연하게 들으며 가끔 고개를 끄덕일 뿐이었다. 특별히 질문도 하지 않았다. 그러나 비아냥거리듯 다음과 같은 말을 던졌다.

"규슈에서는 시부카와를 도와 꽤 많은 일을 하고 있는 모양이오."

"작년에 쇼니와 싸우면서 동생 미쓰히로를 잃었습니다."

"허, 그랬나?"

"미쓰히로의 유족에게 감사장을 보내 주시지는 않을까 하고 기다리고 있었습니다만, 아무런 소식이 없어 궁금히 여겼습니다."

"불복하는 것인가?"

요시미쓰는 노여운 기색을 드러냈다.

"불복하는 것은 아닙니다만, 크게 바라 온 것은 사실입니다."

"나는 이제 쇼군이 아니오. 미쓰히로 유족에 대한 감사장은 요시모치에게 말해 두겠소."

요시미쓰는 옆을 쳐다보았다.

'딴청을 부리다니.'

요시히로는 쇼니씨 일당에게 오우치 토벌 밀령을 내린 일이 있는가, 이즈미 · 기이 땅을 회수한다는 게 사실인가, 하고 큰소리로 따지고 싶었지만 억지로 참았다. 요시미쓰는 그런 요시히로의 마음을 간파한 듯 아주 엷은 웃음을 보이며 다시 얼굴을 돌렸다.

“그런데 오우치 도노.” 하고 새삼스레 입을 열었다.

“이 저택은 모두의 마음으로 완성된 것이네.”

“듣고는 있었습니다만, 저는 막부의 명령에 따라 규슈 출병 중이었습니다.”

“그랬지. 그래서 말인데 오우치 도노는 이번에 조선 사절단 호위 병사를 꽤 많이 데리고 왔더군. 몇 명 정도인가?”

“오백 명입니다.”

“그렇다면 부탁이 있네. 그 병사를 가지고 정원을 만들어 줄 수 있겠는가?”

“정원을, 말입니까?”

“정원을, 말이다.”

“…….”

순간 요시히로는 숨이 막혔다. 지금은 비굴하게 고개를 끄덕이며 요시미쓰에게 순종하는 모습을 보이지 않으면 안 된다. 오우치씨의 안위를 약속받을 수 있다면 눈물을 머금고 정원 노역을 해야만 한다고 판단했지만, 고약한 웃음을 보이고 있는 요시미쓰의 얼굴을 보니 절망적이게도 아주 다른 답이 입에서 튀어나오고 말았다.

“그렇게는 할 수 없습니다. 황송합니다만, 활과 화살을 가진 무사들에게 전장으로 나가라고 명령하시면 어디든 목숨을 걸고 나아가겠지만, 토목과 축정은 무사의 임무가 아니기에 그렇게 할 수는 없습니다. 삼가 죄송한 말씀 드립니다."

"허허, 싫다고 했는가. 나의 명령에 따를 수 없다고 했는가."

"전장이라면 저나 병사들 모두 기꺼이 나가겠습니다."

"역시 서국의 명족, 훌륭한 마음가짐이로구나."

요시미쓰는 여전히 웃으며 말했다. 거절할 게 분명하다고 예상하고 일부러 무리한 부탁을 한 것이라고 요시히로는 해석했다. 격노해야 할 요시미쓰가 태연한 척하는 것도 그 때문인 것이다.

이렇게 말한 이상 어쩔 도리 없다고 생각한 요시히로는 정색을 하고 입을 열었다.

"쇼군께 여쭙고 싶은 것이 있습니다."

"……."

"남북조 통일 문제에 저도 조금은 관여했다고 봅니다."

"그랬었지."

그 말이 하고 싶었는가, 하는 시선으로 요시미쓰는 요시히로를 천연덕스럽게 바라보았다.

"당시 조건으로 먼저 삼종의 신기는 양위의 의식에 따라 고카메야마에서 고고마쓰(後小松)로 전해지기로 결정되었습니다. 그러나 그 신기를 쓰치미카도 도도인 대궐에 보관하는 것은 위약이 아닌가 하고 남조의 유신(遺臣)들이 개탄하고 있다 들었습니다."

"고카메야마에게는 다이죠 텐노(太上天皇) 존호를 부여하지 않았는가."

"그것도 마지못해 한 일이 아닙니까. 은혜를 베풀고 생색을 내는 것 같다고 역시 남조 측 사람들은 굴욕스럽게 느끼고 있습니다. 그 이후 대접도 매우 소홀하다며 불만의 소리가 터져 나오고 있는 것을 알고 계신지요? 앞으로 황위를 교대로 잇자고 한 약속도 지켜지기 어려운 것은 아닌가 불신하는 분위기도 있다 합니다. 통일 조건을 짓밟는 일이 없기를, 중개 역할을 한 사람으로서 다시 한 번 진상하옵니다."

"허허, 오우치 도노도 이제 대단한 신분이 되었구나."

분수에 넘치는 말이라고 지적하고 싶은 것이다. 처음부터 요시미쓰는 통일 조건을 지킬 생각이 없었다.

"막부의 위신과도 연관되므로 드리는 말씀입니다."

"쓸데없는 걱정은 말아라. 오랜만에 교토에 왔으니 천천히 놀다가 돌아가시게."

말과는 달리 갑자기 표정이 험악해지면서 요시미쓰는 자리에서 일어났다.

끝내 말을 뱉고 말았구나, 하고 요시히로는 생각했지만 후회는 하지 않았다. 별장의 문을 나서며 뒤를 돌아보니 황폐한 채로 방치되어 있는 정원의 일부가 눈에 띄었다. 정원의 흙을 뒤엎고 있을 가신들의 모습을 상상하니 다시 부아가 치밀어 올랐다. 생각해 보니 여러 가지 소문과 이번 축정 제안은 요시히로를 화나게 만들려는 요시미쓰의 도발이었다. 자진해서 그 도발에 말려들고 말았지만, 그것도 피할 수 없는 일이었다고 요시히로는 생각했다.

조선왕국의 사절 박돈지를 호위하여 요시히로가 교토를 떠난 것은 오에이 5년(1398년) 10월 초순이었다. 그는 사절단 일행을 야마구치로 안내하고 환대하였다. 그들 일행이 무사히 귀국길에 오른 것은 11월 중순경이었다.

이것으로 요시히로가 염원하던 조선과의 무역은 마침내 궤도에 오를 수 있게 되었다. 조선왕국으로서도 가능하면 오우치씨의 제안에 응할 것이라는 긍정적인 말을 남기고 떠나는 사절에게 요시히로는 또 한 통의 서간을 맡겼다. 그것은 정종에게 쓴 것이었다. 서간의 내용을 확인한 박돈지는 깜짝 놀랐다. 어쨌든 왕에게는 전하겠다고만 답을 했다.

"무슨 부탁을 하셨습니까?"

히라이 미치스케가 물었다.

"토지를 달라고 했다."

"토지를요?"

"우리 선조가 진실로 백제 왕족이라면 그 연고지의 일부를 분여해 줄 수는 없는가 하고 조선의 왕에게 부탁하였다."

"사절은 무엇이라고 답했습니까?"

"오우치의 고전에 대해서는 지금 조선국의 사신(史臣)이 조사하고 있다. 사실이라고 확인되면 내 부탁도 들어 줄지 모른다. 아무튼 사신은 왕에게 전하겠다고 답하였다."

"원하시는 대로 땅을 분여받으면 어떻게 하시겠습니까?"

미치스케도 조금 어이가 없다는 표정을 지었다.

"어떻게 할까."

요시히로는 큰소리로 말했지만, 미치스케의 물음에는 답을 하지 않았다.

요시히로의 바람은 이루어질 수 있을 것인가.

국토의 일부를 나누어 달라는 것은 전대미문의 부탁이다.

—임성태자가 도일하였을 때 일본이 다타라 성을 나누어 준 것을 써 두었더라면 청을 승낙하지 않았을까.

요시히로가 한 가닥 희망을 걸며 속으로 이러한 책략을 세운 것은 아시카가 요시미쓰와 대결하는 게 불가피하다고 생각하였기 때문이다.

쇼군 요시미쓰는 막부를 위협할 만큼 세력이 커진 유력 슈고를 말살시켜 왔다. 바로 야마나씨의 경우가 그러하다. 야마나 토벌에 참가하여 이즈미와 기이 땅을 받아 점차 세를 늘리고 있는 오우치씨는 야마나와 같은 운명을 걷고 있는 것이다. 더는 피할 수 없는 막다른 골목으로 들어왔다고 생각한 요시히로는 더 이상 쇼군의 비위를 맞추지 않았다. 축정 명령을 거부했을 때부터 막부와의 전쟁은 시작된 것이다.

자신이 야마나 우지키요를 공격한 것처럼 은상에 눈이 먼 슈고들은 막부군이 되어 들이닥칠 것이다. 그들을 이길 방도는 없다.

당하기 전에 조선으로 망명하여 세를 불려 무로마치 막부와 대결하고 영토를 되찾는 것은 어떠한가, 하고 요시히로는 생각했다. 그것은 아시카가 다카우지가 일단 교토에서 규슈로 도망가 세력을 정비한 뒤 교토를 탈환한 것과 같은 수법이다. 다카우지는 규슈를 망명지로 선택했지만 요시히로는 조선을 선택한 것이다.

공상에 불과한 계획이라는 것은 알고 있었지만 이승의 추억으로 그러한 비책을 써 보고도 싶었다.—요시히로가 정종에게 땅을 나누어 달라고 부탁한 것은 조선왕국의 사기 『조선왕조실록』 정종 원년(1399년) 7월 10일 항목에 기록되어 있다. 요시히로가 센슈에서 막부군과 싸워 사망하기 5개월 전의 기술이다.

정종은 오우치 요시히로에게 어떤 회신을 보냈을까. 보냈다 하더라도 그 편지는 요시히로가 이미 전장의 이슬로 사라진 뒤에나 도착했을 것이다. 모든 것은 불분명하다.

— 에필로그 —

# 오에이이의 난

# 건곤독보乾坤獨步•

오에이 5년(1398년)이 저물고 새봄이 찾아왔다. 정종으로부터 회신은 오지 않았다. 그래도 요시히로는 진지하게 기다리고 있었다.

그 사이 막부와 오우치씨의 관계는 점차 냉담해졌고 기타야마 별장의 정원 공사를 요시히로가 매정하게 거부한 것은 곧 소문을 통해 널리 알려졌다. 그것은 쇼군에게 좋은 구실을 만들어 주었다. 이즈미, 기이 땅을 회수할 것이라는 풍문은 언젠가 오우치 토벌이라는 비약적인 내용으로 바뀌었다.

그런 소문 따위는 귀에 들어오지 않는다는 듯 요시히로는 혼자 조용히 독서를 하면서 지냈다. 교토에 살면서 더욱 글을 좋아하게 되었고 지금은 오히려 귀족과 같은 옷매무시가 어울릴 정도가 되었다. 요시히로는 끊임없이 편지를 쓰고 있는 듯했다. 무

• 천하를 당당하게 걷는다는 뜻으로, 불서(佛書) 『무문관(無門關)』에 나오는 말.

슨 용건으로 어디와 통신을 하는지는 누구도 알지 못했다. 자국 엔슈로 돌아간 이마가와 료슌에게 쓴 것이 많았기 때문에 서로 시를 주고받는 것인가, 하고 히라이 미치스케는 짐작할 뿐이었다. 그렇게 싫어했으면서 료슌이 규슈 단다이에서 해임되자 그리워진 것일까, 하고 다소 미심쩍게 생각하며 먼발치에서 보고 있었다.

"어때? 건강하게 잘 자라고 있는가?"

상냥한 어조로 오미쓰에게 묻는다. 요시히로는 종종 자식들의 얼굴을 보러 갔다. 오에이 4년(1397년), 오미쓰는 그토록 바라던 아들을 출산했다. 이 사내아이는 나중에 모치모리라는 이름을 가지게 된다.

"아이를 잘 키워 주게나."

오미쓰는 요시히로의 품에서 미소 지으며 그저 고개만 끄덕였다.

"막부군과는 언젠가 전장에서 만나게 될 것이오. 지금부터 각오를 해 두어야 하오."

"막부군이 야마구치로 쳐들어오나요?"

"그것은 모르는 일이오. 어쩌면 당신의 아버지와도 적이 될지 모르지만 어쩔 수 없는 일이오. 야마구치를 떠날지 말지는 당신이 결정하도록 하시오. 자유롭게 선택하도록 하시오."

"저는 죽는 날까지 오우치의 사람입니다."

"……."

"그보다 부탁이 하나 있습니다. 전쟁이 시작되기 전에 한 번만이라도 멀리 말을 타고 같이 나갔으면 합니다."

"그러고 보니 한동안 나가지 않았군. 내일이라도 당장 말을 타십시다. 여전히 말을 좋아하는군."

다음 날 아침, 두 사람은 언제나 그랬던 것처럼 미타지리 근처까지 실컷 말을 달렸다. 두 말의 밤색 털빛에 맺힌 땀은 햇빛을 받아 반짝거렸다. 말이 들판을 질주한다. 오우치의 고향에서 잠시 동안 평온한 봄 풍경을 즐기는 것은 이날 하루가 마지막이었다. 요시히로에게 멀리서 손님이 찾아와 밤늦게까지 이야기하는 날이 이어졌다.

손님이 돌아가자 요시히로는 오유키의 방을 찾았다. 오미쓰와 함께 말을 타고 나간 걸 이미 알고 있는 눈치였다. 매우 언짢아 보였다.

"아마 오미쓰 님께서 부르셔서 가신 것이겠지만 늘 아픈 저에게 일부러 다정한 모습을 보여 주시는군요."

"당치도 않는 소리구나."

요시히로는 온화하게 말했다. 이제 엄하게 꾸짖을 필요도 없을 것 같다고 생각하며 억지로 냉정함을 찾으려 했다. 구로(九郎, 모치요)가 태어난 직후부터 오유키의 몸은 허약해졌고 줄곧 누워 지냈다. 해를 거듭할수록 신경질적으로 변해 하녀들도 어찌할 바를 모른다는 소문은 익히 듣고 있었다. 때문에 요시히로의 발

길이 뜸해진 것도 사실이었다.

항상 신경을 곤두세우고 있기 때문인지 오유키의 낯빛은 창백해져만 갔다. 교토의 산죠가에서 처음 오유키를 만났을 때의 얼굴은 거짓말처럼 사라지고 말았다. 눈을 치켜뜨고 질투 섞인 말을 늘어놓는 표정은 추하게 보이기까지 해서 요시히로는 마음이 아팠다.

오유키가 낳은 아이는 이미 여섯 살이 되어 있었다. 부모의 용모를 닮아 총명한 얼굴이었지만 호리호리한 게 여자아이와 같은 느낌도 있었다. 아이는 어른스럽게 어머니 옆에 앉아 있다. 말을 걸어도 큰 눈을 동그랗게 뜨고 아버지를 바라만 볼 뿐이다.

오유키에게도 전쟁 이야기를 털어놓았다. 여자들에게만큼은 미리 이야기해 두고 싶었다. 빨리 마음을 결정할 수 있도록 배려해 주고 싶었던 것이다.

"부디 막부와의 대결은 그만두십시오."

오유키는 역시 이렇게 말했다.

"가능하면 그렇게 하고 싶소만, 싸우는 것이 내 본분 아니겠소. 저쪽이 용서치 않을 것이오."

"여기 있는 구로가 가엽지도 않습니까."

"싸우는 것이 무가의 일 아니겠소."

"그렇다면 구로에게 대를 물려주겠다고 확실히 정해 주십시오."

오유키는 정실의 아들 마고타로가 신경 쓰이는 모양이었다.

마고타로는 요시히로의 아명(兒名)이다. 그 이름을 뒤에 태어난 오미쓰의 아들에게 붙인 것을 보면 요시히로의 의중은 대충 짐작할 수 있었다.

"대에 관한 것은 모리하루와 함께 의논해 보겠소."

요시히로는 애매하게 대답했다. 가능하면 적통인 오미쓰의 아들이 이어 주었으면 했지만 그것은 동생 모리하루가 결정하기를 바랐다. 구로와 마고타로가 성인이 된 뒤, 누가 오우치의 당주에 적합한지는 뒤에 남는 자가 판단하는 수밖에 없다.

"그럼 일어나겠다."

요시히로는 자리에서 일어났다. 오유키가 붙잡으면 다시 앉을 작정이었지만 그런 기미는 보이지 않았다. 오유키는 이미 예전부터 요시히로가 몸을 만지는 것을 싫어했다. 문란할 정도로 쾌락에 빠져들었던 교토 시절이 먼 꿈처럼 느껴졌다.

그런 오유키에 비하면 오미쓰는 항상 건강하고 쾌활한 성격을 잃지 않았다. 그리고 요시히로와 보낼 밤을 손꼽아 기다렸다. 요시히로의 결심을 알고 난 뒤에는 조신한 태도를 버리고 격렬하게 요시히로를 원했다.

요시히로는 내심 놀랐지만 대담한 표정으로 다가오는 오미쓰를 맞아 짧은 생명을 불태우듯이 매일매일 탐닉했다. 그는 자신에게서 떨어져 나가는 것들을 느긋하게 바라보고 있었다. 키워온 야망이 언젠가부터 자취를 감추고 말았다. 그리고 언제든지 죽을 수 있다는 기분이 이상할 만큼 고양된 밝은 기분을 느끼게

했다.

상경하라는 요시미쓰의 명령이 여러 번 있었다. 그것을 묵살하던 요시히로가 드디어 움직이기 시작한 것은 오에이 6년(1399년)의 9월이 끝날 무렵이었다.

야카타에서 군사회의를 하는 가운데, 동생 모리하루와 모리시게를 비롯한 중심 가신들을 모아 놓고 요시히로는 출병의 뜻을 전했다.

"나는 히로시게, 히라이 미치스케, 스에 히로나가, 스기 시게쓰라, 스키 빗츄(杉備中), 노가미 부젠과 오천 명의 군사를 데리고 센슈로 쳐들어갈 것이다. 빈자리는 나의 동생 모리하루에게 맡기겠다. 나에게 무슨 일이 있건 스오, 나가토만큼은 사수해 다오."

"이즈미, 기이 땅은 그만 포기하시고 서국에서 막부와 대항하는 방법은 없습니까?"

출병하지 않는 가키나미 요사부로(柿並與三郎)가 물었다.

"그래서는 결말이 나지 않는다. 지금 할 수 있는 방법은 상경하는 것뿐이다. 이미 가마쿠라 조정의 아시카가 미쓰카네(足利滿兼)도 나를 돕기 위해 병사를 서쪽으로 보냈고, 단바의 미야타 도키키요(宮田時淸), 미노(美濃)의 도키 아키나오(土岐詮直), 오우미(近江)의 교고쿠 히데미쓰(京極秀滿) 등, 그 외에도 남조에 남아 있는 가신들이 막부 토벌 병사를 일으킬 것이다."

가신들 사이에서는 탄식이 흘러 나왔다. 요시히로가 거기까지 음모를 꾸미고 있으리라고는, 히라이 미치스케 등 일부 가신을 제외하고는 거의 알지 못했기 때문이다. 미치스케 등이 이 일을 알게 된 것도 최근의 일이다.

여러 방면에 편지를 쓰고 몰래 사람을 만난 것은 이러한 준비를 하기 위해서였던가, 하고 새삼 느끼는 바도 있었지만 노신들에게 상의도 하지 않고 독단적으로 사태를 진행시킨 데 대해서는 불만이 없지 않았다.

"생각을 거듭한 끝에 결정한 것이다. 모두 반대한다면 출병은 취소하고 혼자 올라가겠다. 어차피 살아서 돌아오지는 못할 테니 그편이 좋겠다."

"이렇게 된 이상, 사카이까지 출병합시다."

미치스케가 어쩔 수 없다는 듯이 말을 하자 다른 무장들도 찬동하여 출병을 결심했다.

교토에 있는 요시미쓰는 이런 움직임을 당연히 알지 못했다. 반항의 태도를 점점 노골적으로 드러내는 요시히로가 뭔가 계략을 꾸밀 것이 틀림없다고 여기고는 있었다. 상상을 초월하는 대규모 반란 계획이 진행되고 있는 것을 가만히 지켜보고 있는 것은 전 규슈 단다이 이마가와 료순뿐이었다.

요시히로가 료순에게 음모를 이야기한 것은 전년 11월, 귀국길에 오른 조선왕국의 사자를 배웅한 직후였다. 뒤에서 료순의 규슈 단다이 파면에 힘을 쓴 요시히로였지만, 이러한 이야기를 그에게 꺼낸 것은 요시미쓰에게 강한 불만을 안고 있는 료순의 심리를 이용할 수 있겠다고 판단했기 때문이다. 생각했던 대로 료슌은 요시히로에게 말려들었다.

그러나 료슌은 직접 음모에 가담하지는 않고 요시히로와 가마쿠라 구보 아시카가 우지미쓰를 이어 주는 역할만 해 주었다. 평소부터 막부에 반항적인 태도를 보이던 우지미쓰는 요시히로와 함께할 것을 승낙했지만 곧 사망했기 때문에 그의 아들 요시카네가 유지를 이어받아 요시히로와 공모하게 되었다. 오우치군이 봉기하였다는 소식이 전해지면 곧장 간토에 병사를 일으켜 교토를 위협한다는 작전이었다.

사카이에 출병하는 자와 스오에 남는 자. 무장들은 서로 이별의 술잔을 주고받았다. 그 자리에서 요시히로가 말했다.

"요시미쓰는 도키, 야마나의 세력을 시샘하여 토벌을 거듭해 왔고, 이번에는 우리 오우치씨를 노리고 있다. 권력을 가진 사람이 이유 없이 행하는 처사 때문에 고통스러워하는 자가 앞으로도 계속 있겠지만, 우리들은 그저 앉아서 막부군을 기다릴 수는 없다. 가마쿠라 구보는 이미 병사를 일으켜 준비를 마쳤고 다른 나라에서도 병사가 일어날 것이다. 천명을 받들어 폭란에 종지부를 찍고 나라를 평정하기 위해서라도 우리는 싸워야만 한다."

"규슈와 쥬고쿠의 영토는 우리들이 사수하겠습니다. 안심하고 싸워 주십시오."

나라를 지키게 된 모리하루가 결의를 피력했다. 긴박한 분위기 속에서 비통한 이별의 술잔을 주고받았다. 호쾌하게 술에 취한 무장들 사이에서 히라이 미치스케만큼은 침울한 표정을 띠고 있는 것을 요시히로가 발견했다.

무장 병사를 대거 이끌고 사카이로 출동하겠다고 요시히로가 말을 꺼냈을 때, 미치스케는 이 정도로 사태가 진전되어 있다면 어쩔 수 없다며 찬동해 주었다. 선대 히로요를 모시던 미치스케는 요시히로의 측장이 되어 충성을 다해 주었지만, 그것은 그저 요시히로 한 사람을 위해서라기보다 오로지 오우치가를 따르고자 하는 의지가 있었기 때문이었다.

경우에 따라서는 이 명족이 멸망할 수도 있다. 아니, 그럴 가능성이 크기 때문에 이번 전쟁은 미치스케의 마음을 매우 무겁게 만들었다.

'이제 물러서지 못한다.'

요시히로는 술을 입에 담으며 생각했다. 이제 와서 출병을 내키지 않는 듯 행동하는 미치스케가 조금은 불만스러웠다.

요시히로는 가마쿠라 구보의 군사와 함께 동서에서 막부를 협공하는 작전에 사활을 걸었지만 한편으로는 최악의 사태를 각오하고 있었다.

'승패는 하늘에 달려 있다.'

그렇게 생각하기로 했다.

다음 날 아침, 요시히로 일동은 모두 모여 후루쿠마 신사(古熊神社), 야사카 신사(八坂神社)에서 전승을 기원하고 젠쇼지(禪昌寺)에 참배했다. 후루쿠마 신사는 아버지 히로요가 야마시로(山

城)국의 기타노 텐진(北野天神)을 권청(勸請)한 것이다. 야사카 신사 역시 히로요가 교토의 야사카 신사를 권청하여 기온샤(祇園社, 야사카 신사의 구 명칭)라고 부르기도 한다.

신전에 절하고 있자, 어딘가에서 냉랭하다고도 말할 수 있는 격려의 목소리가 들리는 듯했다.

'생각한 대로 잘해 왔다. 결심한 대로 싸우고 오거라.'

신이 아니라 히로요의 목소리 같았다. 작으나마 스오와 나가토의 땅을 다지며 만족하려 한 자신을 따르지 않고 행동을 넓힌 끝에 종국에는 막부와 갈등을 빚게 된 요시히로를 책망하고 있는 듯했지만, '부모를 닮지 않은 자식'의 마지막을 조용히 지켜보는 아버지의 모습이 녹아 있는 것 같기도 했다. 어릴 때부터 요시히로에 대한 사랑과 기대로 무언의 위압을 가해 온 아버지 히로요의 체취가 요시히로는 점점 그리워졌다.

그날, 신사 참배를 마친 뒤에 찾은 젠쇼지는 요시히로 자신이 교토에서 승려 죠쇼(定紹)를 불러 창건한 사원이었다.

요시히로는 죠쇼를 믿고 따랐다.

창건 당시, 요시히로가 많은 영지를 기부하려 했을 때, 죠쇼는 그것을 거절하고 일 년에 봄가을 두 번만 스오와 나가토의 땅을 행각(行脚, 여기저기 돌아다니며 수행함)할 수 있도록 허락을 구했다. 이 승려에 대한 요시히로의 존경은 더욱 깊어졌다. 이번 출병에 대해 죠쇼가 어떻게 생각할지 요시히로는 기도하는 심정으로 귀를 기울였다.

"이렇게 된 이상, 죽는 것을 두려워하지 않는 금강심을 가지고 임하도록 하시오. 모든 것은 무(無)라고 생각하고 굳게 결심하시오."

죠쇼는 많은 말을 하지 않았다. 그리고 다음과 같은 네 글자를 써서 요시히로에게 주었다.

—건곤독보(乾坤獨步)

그것은 『무문관(無門關)』[선종의 공안(석가모니의 언어와 행동)을 모은 불서]의 일절이었다. 요시히로는 과거의 자신의 삶과 앞으로의 삶을 표현한 것이라 생각하고, 상쾌한 기분으로 그 말을 받아들였다.

다음 10월 3일, 오천 명의 군병이 미타지리에 집결했다. 항구에는 그들을 태울 크고 작은 배 삼백 척이 혼잡스럽게 정박해 있었다. 그 가운데 백여 척은 세토나이카이의 해적 무라카미 당(黨)의 것이다. 원래 해적은 남조 편이었지만 지금은 무로마치 막부로부터 바다의 권익을 인정받아 특별히 막부에 반대하는 자세를 보이지는 않는다. 그러나 무라카미가는 남조의 유신 기타바타케 아키나리(北畠顯成)가 그 집안을 이어받기도 해서 내부적으로는 미묘하게 흔들리고 있었다.

요시히로는 남북조 통일의 조건을 요시미쓰가 지키지 않고 있는 것을 들며 이것을 간언하기 위해 봉기를 일으키는 것이라고 그 이유를 설명했다. 무라카미 당은 직접 전열(戰列)에 서는 것은 곤란하지만 병력 수송에 힘을 보태겠다고 전했다. 지금까지 오우치씨와 대치하던 규슈의 기쿠치씨도 요시히로의 뜻에 따라 주었고, 구스노키씨(楠木氏)를 비롯하여 남조의 유신들이 사카이에 집합한 것도 통일 후의 불만과 분노 때문이었다.

영토를 지킬 사람들을 이끌고 모리하루가 배웅을 나왔다.

"이 몸은 이제 생환을 기대하지 않는다."

요시히로는 작은 목소리로 말했다.

"그런 말씀 마십시오. 형님은 지금까지 여러 전장을 누빈 불사의 무사이십니다."

요시히로와 닮은 강인한 몸을 흔들며 모리하루가 웃었다.

"잘 들어라. 언젠가 정종으로부터 국토의 일부를 분여한다는 답이 올 것이다. 막부의 군사가 대거 몰려와 스오와 나가토를 습격하면 맞서 싸우지 않으면 안 된다. 그러나 그대로 멸망할 것 같으면 일단 조선으로 도망가는 것이 좋다."

"토지 분여를 부탁하신 것은 이 때문입니까?"

모리하루는 놀라고 또 기가 막히기도 해서 요시히로를 바라보았다.

"오우치의 명분은 그 땅에서 몸을 보전하고 세토나 규슈의 해적들을 불러 모아 대군을 만들어 다시 영토를 회복하는 것이다. 언젠가 왜구의 세력과 함께 도전한다면 아시카가 같은 것은 몰아내 버리고 우리가 교토에 앉을 수도 있다."

이렇게 말하면서 요시히로는 대담한 미소를 지었다.

"그런 것까지 생각해 두셨습니까? 그렇다면 형님 손으로 그

야망을 이루십시오. 정작 무슨 일이 생기면 사카이를 버리고 귀국하십시오."

"아니, 사카이에서 벌어지는 전쟁은 결코 포기하지 않는다. 그야말로 이 몸을 버릴 각오로 임하지 않으면 안 된다. 생사를 건 한판 승부다. 뒷일을 부탁하네."

이 말을 남기고 요시히로는 배에 올랐다. 갈색 명주 갑옷에 5겹 목가리개 투구. 지금까지 어느 전장에서도 보지 못한 차림새다. 2척 8촌의 칼과 3척 1촌의 언월도도 그러했다. 그 언월도는 메이토쿠의 난에서 고바야시 슈리노스케의 목을 벤 것으로, 그 이후 칼에 '고바야시'라는 이름을 새롭게 새겨 넣었다.

서풍을 안은 배들이 뿌연 아침의 미타지리 항구를 빠져나간다. 물가에 서서 배웅을 하는 자들이 원정을 응원하는 함성을 질렀다. 배에 탄 병사들은 그 함성에 답하기 위해 한 목소리로 소리를 내질렀다. 다시 저쪽 함성이 해면을 타고 배로 전달되었다.

점점 멀어지는 육지의 함성을 들으며 작아져 가는 스오의 산맥을 바라보니, 요시히로는 만감이 교차하는 느낌이 들었다. 저 산 너머에는 작은 교토 야마구치가 조용히 자리하고 있는 것이다.

오미쓰에게도 오유키에게도 배웅하지 말도록 일러두었다. 어린 마고타로와 구로를 안고 출진하는 요시히로에게 무언으로 뜨거운 눈빛을 보내던 오우치 야카타의 풍경이 눈에서 떠나지 않는다.

오우치 야카타를 중심으로 분지 사방에는 신사(紳社)나 불각(佛閣)이 자리하고 있고 교토의 가모가와를 모방한 이치노사카가와 양편에는 가로세로가 정연한 야마구치의 시가지가 거의 완성되어 가고 있었다. 큰길과 작은 길을 따라 늘어선 사무라이들의 집과 버드나무는 교토를 연상시키는 풍경이다. 이 또한 더욱 아름답게 정리되어 가고 있었다.

작은 교토는 아버지 히로요가 그린 소박한 꿈 중 하나였다. 아버지의 유지를 이어받아 마을을 만들기 위해 공을 들인 것이 그나마 효도라고 할 수 있지 않을까, 하고 요시히로는 생각했다. 그러나 막부와 대결하게 된 지금, 겨우 만들어 놓은 작은 교토도 어쩌면 불에 휩싸일지 모른다.

'그때에는 조선왕국으로 잠시 난을 피하러 가면 된다.'

백제 왕족의 피를 이은 동포로서 정종은 모리하루가 이끄는 오우치 일족을 따뜻하게 맞아 줄 것이 틀림없다. 이러한 생각은 물론 요시히로가 혼자 상상한 것에 지나지 않는다. 정종으로부터는 여전히 소식이 없다. 침묵으로 거절의 의사를 표하는 것 같았다. 그래도 요시히로는 언제까지나 희망을 버리지 않았다. 그렇게 기대하면서 사지로 향하는 여행을 서둘렀다. 바로 지금도 여전히 요시히로의 영토인 센슈 사카이로 가는 것이다.

강력한 막부와 대결하기로 결심한 오우치씨의 배들은 점차 세차게 불어오는 바람을 가르고 속도를 올리며 세토나이카이를 쏜살같이 달렸다.

## 상륙

오에이 6년(1399년) 10월 12일, 오우치 요시히로는 오천 명의 병사를 이끌고 사카이에 상륙했다.

사카이는 남과 북이 기슈 가도(紀州街道, 오사카와 와카야마를 잇는 길) 사이에 놓여 있고 서쪽이 바다로 열려 있다. 동쪽은 후카다(深田)라 불리는 저지대 논으로, 길이 통하지 않는다. 때문에 동쪽의 후카다나 서쪽의 바다에서 공격당할 위험은 적지만 큰 길로 연결된 남북은 무방비나 마찬가지인 지형이었다.

야마나 우지키요의 경우에는 이러한 사카이를 떠나 전장을 교토로 삼고 적극적으로 진격하여 전멸당하고 말았다. 말하자면 그들은 죽으려고 자진해서 나선 것이다. 요시히로는 사카이에 자리를 잡고 교토를 위압할 작정이었다. 상륙하자마자 작전회의를 열었다.

"가와우치(河内)의 다카야마(高山)를 빼앗고, 도죠(東條)와 쓰치마루(土丸)에 진을 치면 이즈미, 기이 양 지방을 잡을 수 있고 사카이우라(堺浦) · 기요미즈우라(淸水浦)와 쥬고쿠(中國)의 해상

연락망을 확보할 수 있어서 유리하지 않을까요?"

이렇게 주장한 것은 요시히로의 동생 히로모치(弘茂)였다. 이 의견에는 히라이 미치스케가 반대했다.

"다른 나라의 성을 빼앗는 것은 아군에게도 큰 부담이 됩니다. 군사를 밖에 두면 사카이 방어도 허술해져 오히려 불리합니다."

"그렇다면 사카이를 버리는 것은 어떻습니까?"

이렇게 말을 하는 자는 스기 분고였다. 그는 오우치 군사가 철퇴하는 것처럼 속이며 배를 타고 아마가사키(尼ヶ崎)에 상륙하여, 사카이를 공격하러 오는 적을 배후에서 습격하자는 의견을 내었다. 이번에도 역시 미치스케가 반대했다. 히로모치, 분고와 같은 젊은이들은 사카이로부터 출전하자고 주장했지만 미치스케는 어디까지나 사카이를 지키는 것이 전술상 가장 유리하다며 양보하지 않았다.

"천시(天時)는 지리를 따르지 못하고 지리는 인화를 따르지 못한다. 즉, 인화가 매우 중요합니다. 오우치는 사카이의 슈고가 된 이후 민심을 사로잡았습니다. 게다가 여기에는 식량과 목재도 풍부합니다. 이를 이용하여 남북을 지키는 성곽을 쌓는 것이 좋지 않겠습니까? 사카이 사람들도 도와줄 것입니다."

"성곽을 만들려면 수로도 필요하지 않습니까?"

히로모치가 물었다.

"수로를 만드는 것이 가장 좋지만, 그럴 여유가 없기 때문에 대신 세이로(井樓), 야구라(箭櫓)를 만드는 것이 좋을 듯합니다.

백, 이백, 아니 천 개를 넘게 만드는 것입니다."

"그 생각이 좋다. 사카이를 사수하는 것은 처음부터 각오해 오던 바다."

요시히로는 미치스케의 안에 찬성했다. 이것으로 작전회의는 끝났다. 그날 목재를 모으고 수백 명을 동원하여 열흘 동안 밤낮을 가리지 않고 작업하여 세이로 48개, 야구라 1700개를 완성시켰다.

세이로는 얼마간 세심하게 공을 들여 만든 커다란 성루(城樓)이며, 야구라는 한 두 명의 병사가 숨어 접근해 오는 적의 머리를 활로 공격하는 전루(戰樓)이다. 이중 삼중으로 숲처럼 에워싼 탑은 기묘한 위용을 드러내며 사카이 마을을 요새로 만들었다. 일만 호의 민가와 논밭까지 끌어안는다는 생각은 지금껏 그 누구도 하지 못한 것으로, 커다란 성곽이 홀연히 나타난 것이다.

"우리 병사 오천 명이 여기에서 버티면 백만 명의 군사가 와도 쉽게 함락시키지 못할 것이다."

요시히로가 만족한 듯이 세이로를 보았다. 이런 요시히로에게 쇼고쿠지(相國寺)의 승려 젯카이 츄신(絶海中津)이 요시미쓰의 사신 자격으로 찾아왔다. 싸우지 말고 대화를 하자는 요시미쓰의 의향을 전하러 온 것이다.

"이제는 소용이 없다는 걸 이미 쇼군도 잘 알고 있을 것이오."

요시히로는 조용한 어조로 답했다.

"오우치 도노. 기대를 버리시면 안 됩니다."

츄신은 요시히로의 결심이 흔들리지 않는다는 것을 간파한 듯, 곤혹스러운 표정을 드러내며 타이르듯이 말했다.

"기대를 버리게 만든 것은 다름이 아닌 쇼군이시오. 나는 열여섯에 사천 명의 군사를 이끌고 단다이와 함께 규슈에서 싸움을 시작한 이후 지금까지 삼십 년간 이곳저곳을 다니며 스물여덟 번의 전쟁을 치렀소. 마침내 규슈를 평정하여 충심을 다하고 있는 것은 세상이 다 아는 일. 또 남북조의 화목을 위해 꽤나 많이 노력해 왔소. 그 이후에도 쇼니, 기쿠치 진압 명령에 따라 교토에서 규슈로 건너가 이들을 토벌했소. 그런데도 쇼니, 기쿠치에게 은밀히 명령을 내려 나를 처리하라 했다는 소문이 나돌고 있소. 삼십 년간 둘도 없는 충절로 임한 나에게 어떠한 경위로 이런 취급을 하시는지, 게다가 이즈미와 기이 땅은 내가 목숨을 걸고 야마나 우지키요와 싸운 공을 인정하여 쇼군이 내린 것 아니오. 그것을 이내 몰수하다니. 그리고 또 한 가지. 쇼니 퇴치 당시, 동생 미쓰히로가 전사했음에도 불구하고 그 아들은 훈상도 받지 못했소. 그리고 또……."

요시히로는 자신도 모르게 흥분해서 요시미쓰에 대한 불만을 길게 늘어놓고 있었다. 츄신은 묵묵히 듣고 있다가 입을 열었다.

"기쿠치와 쇼니에 내린 밀령과 이즈미 · 기이 몰수 등은 풍문에 불과합니다. 그런 소문에 현혹되어서는 안 됩니다."

"현혹된 게 아니오. 기타야마 별장을 만드는데 축정의 노역을 일부러 오우치에게 부과하는 것은 권력으로 난제를 맡기는 소행 아닌가."

"저도 오우치 도노의 마음을 이해합니다. 그러니 다시 한 번 말씀드립니다. 쇼군과 이야기를 나누어 보시지 않겠습니까?"

"쇼군에게 정치의 도리를 간하기 위해 간토에서도 뜻을 같이하는 자들이 나타났소. 지금에 와서 약속을 어길 수는 없소이다."

"……."

"내가 지금 말한 것은 한 마디도 빼지 말고 돌아가서 그대로 전해 주시오."

"참으로 애석하게도 더는 방도가 없다고 여겨집니다만, 후일 생각이 바뀌면 이 승려가 꼭 돕도록 하겠습니다."

그 말을 남기고 츄신은 빈손으로 돌아갔다.

"츄신의 말대로 한 번만이라도 쇼군과 만나 얘기해 보는 것이 어떻습니까? 저도 같이 가겠습니다."

히라이 미치스케가 말했다.

"제발로 주살당하러 가라는 것인가?"

"설마 그런 말을……."

"설마라고 생각되는 말을 하고 있지 않는가."

"……."

"미치스케라는 자가 판단력이 흐려지다니. 그렇다면 말해 두겠다. 만약 쇼군이 화해를 구하러 온다고 해도, 나는 그를 살려서 돌려보내지 않을 것이야. 전쟁은, 이미 시작되었다."

요시히로는 의향을 살피는 눈초리로 미치스케를 바라보았다. 삼십 년간 전장에서 함께해 온 이 용사가 겁을 먹고 있다고 생각하지는 않았다. 그는 처음부터 이번 출병에 마음 내키지 않는 태도를 보여 왔다. 이제 와서 후회도 해 보지만, 역시 요시히로에게 있어 미치스케는 필요한 무장이다. 지금까지 그는 늘 전장에서 함께 죽어 주겠노라고 말해 주었지만 이번만큼은 그런 말도 하지 않았다.

"미치스케, 무슨 생각을 하고 있는가."

요시히로는 부드러운 목소리로 아버지와도 닮은 노장에게 호소하듯 말했다.

"가마쿠라 구보는 신뢰할 수 없습니다."

잠시 침묵을 지키다가 미치스케가 말했다.

"아마 그럴 것이다."

요시히로는 솔직하게 답했다.

오우치군이 야마구치를 출발할 때 가마쿠라 구보도 일만 명의 병사를 이끌고 결기하여 교토 배후를 공격하기로 되어 있었지만 그런 기색은 전혀 보이지 않았다.

"지금까지 치른 전쟁에는 희망이 있었습니다. 이번에는 희망이 없습니다. 그런데도 오천 명의 군사를 그저 죽게 만드는 것은 참기 힘든 일이라 생각되지 않으십니까?"

"그저 죽는 것이 아니다. 후세를 위해 잘못된 정치를 바로잡는 것이다. 개죽음으로 끝나지 않아."

"그것을 천하에 알리는 게 목적이라면 대군과 함께 사카이를 지키는 것만으로도 충분하다 생각하고 지금까지는 가만히 따라 왔습니다."

"……."

"오늘 저는 불온한 생각을 품었습니다."

갑자기 미치스케는 엎드려 고개를 들었다. 눈에는 눈물이 맺혀 있었다.

"그만두어라, 미치스케!"

요시히로는 그의 말을 가로막았다. 미치스케가 쇼군과 만나보라고 권유한 것은 자신과 함께 주살당하는 것으로 오천 명의 병사의 목숨을 구하자는 의미였던 것이다. 이런 생각을 요시히로에게 고백하고 미치스케는 그 자리에서 할복할 작정이었다.

"미치스케, 나의 장례 준비를 하여라."

요시히로는 웃으며 말했다.

"장례식 말입니까?"

"마지막 놀이라고 생각해 다오."

"놀이라고는……."

미치스케는 마지못해 말하며 자세를 고쳤다.

요시히로가 말한 장례는 미나토마치(湊町)의 혼교지(本行寺)에서 정식으로 이루어졌다.

"전쟁이 시작되기 전에 미리 장례를 치르는 것은 드문 일입니다."

미치스케가 이렇게 말하며 웃었다. 언제 그랬느냐는 듯이, 출진 이래 처음으로 그다운 얼굴로 돌아와 있었다. 병사들도 사카이에서 죽을 각오를 해 주고 있구나, 하고 요시히로는 안심하였지만 생각해 보니 미치스케가 한 말이 가슴속에 깊이 박혀 있음을 느낄 수 있었다. 미치스케의 말은 어찌하여 희망이 없는 전쟁에 오천 명의 병사를 동원한단 말인가, 병사들은 좌절된 요시히로의 야망과 함께 사라질 제물이란 말인가, 라고 책망하는 것이었다.

미치스케는 그간 히로요의 명령에 따라 요시히로의 곁에서 도리를 다하면서도, 항상 냉정함을 유지했고 또 젊은 주군의 일거수일투족을 지켜보아 왔다.

요시히로는 '미치스케는 역시 아버지의 신하로구나.' 하고 생각했다.

야마구치를 떠나기 전 미리 말해 주었더라면 어쩌면 사카이 출병은 그만두었을지도 모른다는 생각이 문득 들었다.

'아니, 어쩔 수 없는 입장에 몰려 이 길을 택할 수밖에 없었다.' 하고 자위하면서 쇼군을 위해 싸우던 메이토쿠의 난을 회상했다. 희망이 없는 반란이라는 걸 알면서도 교토를 공격하던 야마나 군사들은 참으로 용감했다.

전장에서 죽는 것을 숙명이라 여기는 무사라면 목적이나 승패를 떠나 그런대로 아름답게 죽는 것이 보람 있는 생애가 아닌가

하고 요시히로는 생각을 고쳐 먹으면서, 미치스케와 같이 오로지 병사를 애처롭게 여기는 것만이 병사를 사랑하는 것은 아니라고 그다운 결론을 내렸다.

살아 있는 요시히로의 장의와 그 후 7일째 되는 날의 법요가 끝나고, 시에 소양이 있는 자들이 슈고 야가타에 모여 렌가 대회를 열었다. 그 자리는 밤을 새워 가며 이틀 동안 이어졌다. 요시히로는 이상할 정도로 샘솟듯이 시를 줄줄 읊었다. 그가 만든 시는 천 구의 렌가가 되었다.

그리고 병사 모두는 가족에게 유서와 유품을 남겼다. 그것들을 실은 배가 사카이 항을 출발한 그날 밤, 병사에게는 많은 술이 베풀어졌다. 밝은 취기가 광대한 성내에 넘쳐흘렀고 오우치 전사들은 여느 때와 마찬가지로 의기양양한 기세를 유지하며 날이 밝아 올 때까지 요란하게 떠들었다.

젯카이 츄신은 요시히로가 말한 대로 그의 말을 고스란히 쇼군 요시미쓰에게 전했다. 사자로 보낸 승려의 보고를 받고 오우치 요시히로의 생각이 확고함을 확인한 요시미쓰는, 관령 하타케야마 모토쿠니, 시바 요시유키 등에게 명령을 내려 이미 모여 있는 병사 삼만 명을 이끌고 11월 8일에는 도지(東寺)에 진을 치고 14일에는 야하타(八幡)에 본영을 옮겨 요시히로의 움직임을 주시하고 있었다.

그리고 서편의 오사카 만에서는 시코쿠(四國) · 아와지(淡路)

의 해적들을 불러 모아 사카이 항을 봉쇄하게 했다. 그러나 항구에 대기하던 오우치의 군함에는 무라카미 해적도 있었기 때문에 쉽게 접근할 수 없었다. 바다에서 공격당하는 일은 일단 없을 것이라 판단했다.

가마쿠라 구보 미쓰가네는 일만 명의 병사와 함께 우선 가마쿠라를 출발했지만, 그 이후부터는 별 다른 움직임을 보이지 않았다. 그러나 미노의 도키 아키나오, 단바의 야마나 도키키요, 오우미의 교고쿠 미쓰히데 등은 이를 계기로 책동하고, 와카사(若狹)도 크게 움직였다. 이 때문에 사카이 포위에 참가한 도키 요리마스(土岐頼益)는 미노로 돌아가고 교고쿠 다카노리(京極高詮)는 오우미로 서둘러 돌아가야 했다.

오우미에 돌아간 교고쿠 다카노리의 세력 또한 미더워 보이지 않았기 때문에 요시미쓰는 오가사하라 나가히데(小笠原長秀)에게 동행을 명령했다. 사카이 전쟁의 중요함을 인식하자 이내 나가히데를 다시 불러들인 것이었다. 막부군은 처음 생각했던 것보다 사카이 공략이 어렵다는 것을 점차 깨닫기 시작했다.

막부군에 의한 제1차 공격은 11월 29일 묘시(오전 6시)부터 시작되었다.

성을 지키는 병사들은 야구라에서 격렬하게 활을 쏘아 댔고 밀려들어 오는 막부군을 몹시 힘들게 만들었다. 그러나 북쪽에서 치고 오는 관령 하타케야마 모토구니의 병사 이천여 명 때문에 제1, 제2 성문이 무너졌고 제3 성문도 위험에 처했다. 성내에 있던 스기 시게쓰라, 노가미 부젠 등이 나가 맹렬하게 맞서 하타케야마씨의 가신 유사(遊佐)를 비롯하여 칠백 명의 병사에게 부상을 입히고 격퇴시키자, 이번에는 야마나의 군사 오백 명이 습격해 왔다. 성내 군사들은 고전하고 있었던 것이다.

요시히로는 이백 명의 군사와 함께 성내를 달리면서 지휘했지만 북쪽의 전황을 듣고 급히 원조에 나섰다. 적은 기타바타케 다이나곤(北畠大納言)과 그를 따르는 병사 삼백 명이 새로 합세하여 한꺼번에 성내로 난입하려던 찰나였다. 요시히로는 그의 장기인 대언월도를 휘두르며 돌진하여, 먼저 기타바타케 소장의 투구를 정면에서 찔러 즉사시키고, 옆에 무리지어 있던 졸병들을 닥치는 대로 쓰러뜨렸다. 스기, 노가미 병사들도 기세를 몰아 막부군을 날카롭게 공격하여 북쪽의 싸움은 일단락되었다.

다음 날은 비가 왔다. 냉기와 정적이 사카이를 감쌌다.

동쪽의 밭은 골짜기에 있었다. 비 때문에 깊은 진창지대가 되어 아주 좋은 수로 역할을 할 수 있게 되었다. 막부군은 여기에 길을 만들려는 듯했다. 그리고 그 공사에 투입된 것은 이마가와 나카아키였다. 그는 오미쓰의 아버지이다. 요시미쓰도 그것을 고려하여 나카아키가 정면 공격에는 나서지 않도록 지시했다 한다.

"치고 나갑시다."

히로모치가 말했다.

"놔 둬라. 쉽게 길이 만들어지지도 않을 터이니."

요시히로는 아무렇지도 않은 듯이 답했다.

오에이 6년(1399년), 섣달도 앞으로 열흘 정도밖에 남지 않았다.

## 사카이, 불에 휩싸이다

수로가 없는 성 따위는 아무것도 아니라고 사카이 성을 무시한 막부군은 11월 29일의 공격에서 많은 피해를 입었다. 이를 교훈 삼아 다시 성을 공격하기 위해 신중한 준비가 진행되었다. 기회를 노리고 있었지만 이어지는 비 때문에 점점 공격이 연기되어 처음 공격한 날로부터 20여 일이 지나고 말았다.

요시히로는 이러한 보고를 듣고서도 그다지 당황하지 않았다. 예상한 일이었다. 그러나 공성을 위해 만든 참호나 성루를 준비해 두고서도 공격을 미루는 것이 예사롭지 않았다.

막부군이 비를 피하는 이유를 오우치 군사들은 아직 알지 못했다. 적은 사기쵸(左義長)라 부르는 불 공세 도구를 후방에 숨겨 두고 비가 그치면 일제히 공격할 셈이었던 것이다.

사기쵸라는 것은 원래 궁중에서 하는 액막이 행사로, 대나무 다발에 부채나 천황의 문서 등을 묶어 태우는 정월 행사이다. 이를 민가에서는 돈도야키(ドンド焼き)라고도 한다. 그러니까 사기쵸는 말하자면 불을 붙인 대나무 다발을 성내로 던져 방화하는 소박한 화기였던 것이다.

12월 21일 묘시(오전 6시), 두 번째이자 마지막인 사카이 성 공격이 시작되었다.

전날부터 비는 완전히 그쳐 있었다. 비 갠 뒤의 강한 새벽바람이 북쪽에서부터 얼어붙을 것 같은 냉기를 품고 불어닥쳤다. 사카이의 북쪽을 지키던 스기 시게쓰라의 아들 스기 시게아키의 군사들은 희미하게 밝아 오는 땅 위에 무수한 불덩어리가 쏟아지는 것을 보았다.

지난번에 무방비 상태였던 막부군은 이번에는 치밀하게 세이로를 공격했다. 야구라에서 발사하는 화살도 전과 같은 위력을 발휘할 수 없었다.

불덩어리는 이윽고 야구라를 없애고 차례로 세이로를 집어삼켰다. 강풍 때문에 불은 한곳의 야구라에서 다른 곳의 야구라로 훑듯이 옮겨 갔다. 수많은 야구라는 화염의 탑이 되어 순식간에 하나의 불바다를 만들며 미친 듯이 타올랐다. 거대한 불기둥이 흐린 하늘을 태우고 검은 연기가 북풍에 날리어 사카이의 상공을 너울거리기 시작했다.

하타케야마, 시바 대군이 난입해 왔다. 칼부림이 일어났다. 자욱한 연기 속에서 사투가 벌어졌다. 북쪽의 수장 스기 시게아키가 먼저 장렬하게 전사했다. 슈고 야가타 본영의 요시히로에게 스에 히로나가가 거친 숨을 몰아쉬며 달려와 이 말을 전했다.

"북쪽은 도저히 지킬 수 없습니다. 관령 하타케야마의 군사가 일만이 넘어 사카이 함락도 임박한 상황입니다. 기슈와 이와미 병사 약 삼백 명은 벌써 배반하여 하타케야마 진영으로 도망쳤습니다. 주군께서는 지금이라도 배에 올라 스오로 돌아가 재기를 꾀하는 것이 현명한 판단이라 여겨집니다. 우리들은 방어전에 힘쓰겠습니다. 어서 항구로 가십시오."

요시히로는 아무런 답을 하지 않고 차례로 날아들어 오는 전황보고를 가만히 듣고 있었다.

남쪽에서는 적의 불 공세에 밀려, 아무리 반격해도 속수무책이라고 한다. 동쪽은 진창에 만든 좁은 길을 따라 이마가와 병사들이 조금씩 모습을 나타내고 있어, 히로모치 병사들이 이들을 맞아 싸우고 있다고 한다. 당분간은 버틸 수 있을 것이다. 히로모치는 요시히로의 명령에 따라 히라이 미치스케가 맡고 있다.

격전지는 역시 북쪽이었다. 요시히로는 언월도를 가지고 일어났다.

"바다로, 바다로 피하십시오!"

스에 히로나가가 소리쳤다.

"운명이 이미 정해져 있는데 지금 어디로 도망간단 말인가? 실컷 싸우고 후세에 이름을 남기겠노라."

이 말을 남기고 요시히로는 말에 올라 바람을 가르고 북쪽으로 떠났다. 호위무사로 모리 민부(森民部) 등 이백 명이 그의 뒤를 따랐다.

불에 탄 세이로 저편에 하타케야마 대군이 보였다. 횡렬로 짜인 진영과 열풍에 휘날리는 깃발이 눈에 들어왔다. 그 속으로 돌진하려는 요시히로 앞으로 수십 명의 병사가 막아섰다. 호소가와의 군사들이다.

검은 갑옷을 입은 병사 하나가 갑자기 튀어나오더니 아무 말도 하지 않고 창으로 세차게 덤벼들었다.

"무엄하구나!"

요시히로는 크게 소리치며 그들을 제치고 적을 향해 말을 달렸다. 언월도를 휘두르며 요시히로는 한 무사의 얼굴을 세게 내리쳤다. 투구가 날아가고 감춰져 있던 얼굴이 드러났다. 요시히로는 깜짝 놀라고 말았다.

—구라하시 효에

처음 교토에 머물 때 요시히로 옆에서 친절하게 도움을 주던 호소가와가의 가신이다.

"효에구나."

요시히로는 자신도 모르게 그의 이름을 불렀다. 동시에 왼쪽 뒤에서 달려온 모리 민부가 노출된 효에의 목을 단칼에 베어 버리고 말았다.

용맹한 무사들로 구성된 민부 부대가 덮치자 혼쭐이 난 호소가와 병사들은 좌우로 흩어졌다.

'효에, 먼저 가서 기다려라. 미안하다는 말은 저세상에서 하겠다.'

마음속으로 되뇌면서 요시히로는 열린 길을 그저 달렸다. 목표는 관령 하타케야마 모토구니의 목이었다.

"저 놈은 미쓰이에(滿家)입니다!"

말의 콧등을 나란히 맞추어 달리며 민부가 알려 주었다. 하타케야마 모토구니의 아들 미쓰이에는 언젠가는 관령직을 이어받을 인물이었다. 모토구니는 후방에 있을 것이다. 아들 미쓰이에가 선진을 지휘하고 있었는데 민부와 같이 스물일고여덟 정도로 보였다. 메이토쿠의 난 당시, 아버지와 함께 출진한 창백한 얼굴의 그 젊은이를 요시히로는 기억하고 있다.

"오우치사쿄곤노다이후 요시히로, 하타케야마 미쓰이에 도노를 뵙고자 한다!"

하타케야마 대열에 가까워지자 요시히로는 크게 소리치며 화려한 갑옷과 투구를 몸에 두른 미쓰이에를 향해 돌진했다.

그가 요시히로라는 것을 알아채고 하타게야마 무장 삼백 명은 미쓰이에 주변을 둘러싸 수비태세를 단단히 갖추었다.

"오우치 요시히로를 만나게 되다니 반갑구나. 자, 공격하라! 오우치의 목이다!"

미쓰이에의 목소리만큼은 용감했지만 누구도 앞으로 나오려 하지 않았다. 하타케야마 군사 전면에 기가 죽어 늘어서 있는 것은 바로 오우치를 배반하고 막부군으로 달려간 이와미 병사들이었다. 투항했지만 억지로 앞에 서게 된 것일 터였다.

"이런 비겁한 자들."

민부 등이 증오를 담아 공격을 가하자 금세 몇 사람이 쓰러졌고 겁에 질린 사람들은 차례로 도망치기 시작했다.

"쫓지 마라, 쫓지 마."

민부가 지시했다.

하타케야마와 칼부림이 시작되었다. 상대는 대군이다. 쓰러뜨려도 쓰러뜨려도 끊임없이 새 병사가 밀려 들어왔다.

약 한 시간에 걸친 난격 속에 요시히로의 군사 이백 명은 대부분 목숨을 잃었다. 이제 옆에 남아 있는 것은 민부를 비롯한 삼십 명의 병사뿐이다.

원군도 바랄 수 없다. 불은 사카이 전체로 옮아 붙어 일만 호의 민가가 큰 불길에 휩싸이고 말았다. 어디서 어떻게 싸움이 진행되고 있는지 전혀 알 길이 없었다. 보이는 것은 북쪽에 만들어 둔 세이로와 야구라의 잔해, 연기가 피어오르는 길 위에 겹겹이 쌓인 적과 아군의 시체뿐이었다.

요시히로 및 삼십여 명의 무사들은 낮은 돌담을 등진 북쪽 출구 한구석으로 쫓겼다. 마지막 돌격에 들어가기 직전에 짬을 내 각자 숨을 가다듬었다.

요시히로는 어느 틈엔가 여러 군데 깊은 상처를 입고 있었지만 아직까지는 싸울 기력이 충분했다.

"드디어 때가 왔습니다."

가라앉은 목소리로 모리 민부가 요시히로에게 말했다. 모리 민부는 오우치가의 사람이었지만 하급 무사였기 때문에 지금껏 요시히로는 그와 그다지 친밀하게 말해 본 적이 없었다.

평소에 요시히로는 전장에서의 마지막은 히라이 미치스케와 함께 맞을 것이라 생각하고 있었다. 이번에도 요시히로는 미치스케를 곁에 둘 수 있었지만, 출격 직전에 히로모치의 옆에 있어 달라고 부탁하였다.

그것이 무엇을 의미하는지 가늠해 보는 듯 미치스케는 조금 의아한 얼굴을 했지만 곧 받아들였다. 어떻게든 해석이 가능했을 것이다. 가망이 없는 전쟁이라며 이번 출병을 내키지 않아 하던 자신을 데려가고 싶지 않은 것이라고 이해해도 좋고, 히로모치와 함께 도망쳐도 좋다는 자신의 마음을 이해해 준다면 그보다 더 좋은 일은 없을 것이다.

미치스케는 자기 대신 남쪽 수비를 맡은 모리 민부와 그 부하들을 데리고 왔다. 미치스케로부터 무슨 말을 들었는지, 민부는 어떠한 난전에서도 요시히로의 곁을 떠나지 않았다. 요시히로가 전신에 스무 군데 이상 부상을 입었음에도 이렇게 살아 있는 것은 민부 덕분이었다.

"주군, 준비하십시오."

민부가 말했다.

"여기서 할복하라는 뜻인가?"

"저는 주군의 목을 친 뒤(할복하는 사람 뒤에 있다가 목을 침) 칼을 빼들고 적진에 쳐들어가겠습니다."

"미치스케에게 그런 부탁을 받았는가?"

"주군을 적의 손에 죽게 해서는 안 된다고……."

"민부, 나는 하타케야마 미쓰이에와 싸우고 싶다. 힘이 남아 있는 한 싸우는 것이야말로 요시히로다운 죽음이라고 생각하지 않는가! 아직 자결하기에는 이르다."

"저도 그 뜻에 따르겠습니다."

"그렇다면 민부 자네도, 다른 사람도 모두 듣거라. 지금까지 보여 준 충절을 매우 고맙게 생각한다. 지금부터는 나를 지킨다고 생각하지 말고 각자 마음껏 싸워 주길 바란다."

요시히로는 말에 올라 선두에 서서 달리기 시작했다. 목표는 하타케야마 미쓰이에였다.

어쩌면 요시히로가 자결하지 않을까 하고 추격을 미루던 하타케야마 진영은 갑자기 들이닥치는 삼십여 명의 병사에 맞서 다시 공격하기 시작했다.

요시히로는 물론 민부와 병사들도 궁지에 몰린 동물처럼 맹렬히 싸웠다. 하타케야마 병사들은 이때 약 백여 명을 잃을 정도로 타격을 입었다.

요시히로가 자신을 지킬 필요는 없다고 했음에도 불구하고 민부는 여전히 요시히로 곁을 떠나지 않았다. 격렬한 싸움이 펼쳐지는 동안 병사들이 차례로 전사하고, 남은 것은 요시히로와 민부 둘뿐이었다.

피에 물든 언월도를 휘두르며 요시히로는 맹렬히 적의 한가운데로 말을 달려 나아갔고 민부도 뒤를 따랐다.

요시히로는 자신이 애용하던 언월도 '고바야시'를 추어올리며 하타케야마 미쓰이에를 찾아 나섰다. 민부는 하타케야마 미쓰이에를 호위하는 무사 세 명을 죽이고 난 후, 결국 숨을 거두었다.

혼자가 된 요시히로는 분전하여 겨우 적장 가까이 접근했다. 대항할 수 없다고 판단한 미쓰이에는 일대일로 싸우는 걸 피해 달아나 아군들 사이에 숨어 버렸다.

"이제는 끝이다."

요시히로는 더는 적중으로 들어가 미쓰이에를 찾을 기력이 없었다.

"나는 서국의 그 유명한 오우치사쿄곤노다이후 요시히로이다. 내 목을 베어 아시카가 요시미쓰에게 보여 주거라."

요시히로는 이 말을 외치며 언월도를 버렸다. 말 위에서 갑옷을 풀 여유조차 없이 2척 8촌의 검을 빼들고 하늘을 향해 벌린 입속으로 그것을 삼키듯이 깊게 찔러 넣고는 다시 힘을 다해 내장에 찔러 넣었다.

오에이 6년(1399년) 12월 21일 오시(12시), 북에서 불어오는 열풍에는 눈이 섞여 있었다. 그 열풍은 아직도 불타고 있는 사카이의 상공을 휘저었다.

열여섯에 처음으로 전장에 나가, 스물아홉 번째 맞은 얼어붙을 것 같은 전장에서 오우치 요시히로는 마흔넷의 나이로 과감

한 생애를 마감했다. 요시히로가 찔러 넣은 검의 끝은 말 안장에까지 닿아 마치 꼬챙이로 꿴 것 같은 모습이었다. 그런 요시히로를 태운 말은 적진을 향해 힘차게 돌진하기 시작했다.

# 역자후기

부산문화재단의 문화 교류 사업의 일환으로 진행되는 번역서 간행에 참여한 것을 계기로, 후루카와 가오루 선생님의 저서 『화염의 탑』을 처음 읽게 되었습니다. 이 책은 서일본 일대를 지배했던 다이묘 오우치 요시히로의 활약과 좌절을 그린 것으로, 한국 독자에게 특히 흥미를 유발시키는 대목은 바로 오우치 요시히로와 백제와의 관계, 나아가 그가 한반도를 망명의 땅으로까지 인식하고 있었다는 사실일 것입니다.

백제와 일본 사이의 정치 · 경제적, 문화적 교류에 관한 연구는 지금까지 착실하게 이루어져 왔습니다만, 양자의 친선적인 관계 및 경험이 때로는 여러 논의를 불러 일으켰던 일도 있었습니다. 예를 들면 2001년에 일본의 아키히토(明仁) 천황이 공식적인 자리에서 백제와의 혈연 관계에 대해 직접 표명한 것을 계기로, 언론에는 적지 않은 파장이 일어났습니다. 당시 아키히토 천황의 발언은 2002년 한일 월드컵을 앞둔 시점에서 이루어졌기 때문에, 이는 한일관계 개선을 위한 적극적인 의사표현으로 해석되기도 하였습니다.

백제와 일본의 관계, 특히 혈연적 관계에 관한 언급은 두 나라의 끈끈한 유대를 상상하게 만듭니다. 이러한 맥락은 후루카와 가오루 선생님의 한국어판 서문에서도 읽을 수 있습니다. 두 나라의 관계를 혈연, 즉 '피'에 호소하는 것은 양자의 우호적 관계 쉽게 연상시킨다는 점에서 효과적이지만, 이것이 다른 한편으로는 낭만적으로 신화화되어 양자 사이의 크고 작은 차이와 문제들을 하나로 감싸버릴 수 있다는 점에는 유념해야 한다고 생각합니다.

오우치 요시히로는 교토를 모방하여 야마구치에 '작은 교토'를 조성하는 등, 중앙에 대한 선망과 동경을 품고 있으면서도, 변두리 다이묘의 입장에서 중앙 권력인 막부를 견제하고 또 독자적으로 조선과 명과의 관계를 다져 나가고자 하였습니다. 특히 목숨을 건 막부와의 전쟁에서 탈출구를 옛 백제의 땅에서 구하고자 한 오우치 요시히로의 상상력은 기존의 질서가 규정지어 놓은 시공간을 깨부수고 새롭게 존재 조건을 만들어 나가려는 실천적 함의를 내포한 것이었습니다.

오우치 요시히로의 소위 '경계 넘기'는 좌절되었지만 그의 필사적인 망명 구상이 가능할 수 있었던 것은 중앙 교토에서는 멀지만 한반도와는 가까운 야마구치의 입지 조건 때문이라 할 수 있습니다. 주변에 위치한 자의 탈주적인 사고가 타자에 대한 상상으로 이어진다는 것을 오우치 요시히로는 여실히 보여주고 있습니다. 이 소설을 통해 기대되는 것은 앞으로의 부산과 야마구치의 관계입니다. 구심적 공간 편성에서 벗어난 두 도시가 어떠한 탈주적 상상력을 펼쳐 보일지 기대됩니다.

번역 작업에 있어서 가장 어려웠던 점은 시대적 의미가 담긴 용어들을 옮기는 것이었습니다. 가급적 원문의 뜻을 살리고자 노력하였지만 부족한 점도 많았을 것이라 여겨집니다. 감수를 맡아 까다로운 문제를 같이 고민해 주신 부경대학교 일어일문학부 신종대 교수님, 밤을 새워 가며 문장을 다듬어 주신 산지니 출판사의 양아름 선생님, 권경옥 편집장 님께 감사 말씀드립니다.

조정민

## 작가 약력

### 저자 후루카와 가오루(古川薰)

1925년 시모노세키 시(下關市)에서 태어났다. 야마구치대학 교육학부를 졸업한 이후 교원, 신문기자를 거쳐 1970년부터 문필가로 활동하였다. 역사소설, 평전, 사전(史傳)을 주로 집필하였고 현대소설도 발표하였다. 오페라 가수 후지와라 요시에(藤原義江)를 그린 『유랑자의 아리아(漂泊者のアリア)』로 1990년 제104회 나오키상(直木賞)을 수상하였고, 서일본문화상, NHK야마구치방송문화상을 수상하였다. 시모노세키 시립 근대선인관(近代先人館) 명예관장이기도 하다. 주요 저서로 『화염의 탑(炎の塔)』, 『꽃도 폭풍도(花も嵐も)』, 『석양에 서다(斜陽に立つ)』, 『류콘로쿠 · 요시다 쇼인(留魂錄 · 吉田松陰)』, 『패도의 독수리(覇道の鷲)』가 있으며 그 외에 단행본 150여 권을 발표하였다.

### 역자 조정민

부경대학교 일어일문학과를 졸업하고 일본 규슈대학 비교사회문화연구과에서 석사과정과 박사과정을 마쳤다. 저서로 전후 일본문학이 패전 후 연합국의 일본 점령을 어떻게 기억하였는가를 논한 책 『만들어진 점령서사』가 있으며, 역서로 가부장적 가족제도와 군국주의적 천황제의 억압과 통제에 추상적으로 대응하지 않고 자신만의 철학을 분명히 실천했던 가네코 후미코의 옥중수기 『나는 나』가 있다. 현재 부산대학교 한국민족문화연구소 HK교수로 재직 중이다.

## :: 산지니 · 해피북미디어가 펴낸 큰글씨책 ::

### 문학

유산(전2권) 박정선 장편소설
신불산(전2권) 안재성 지음
나의 아버지 박판수(전2권) 안재성 지음
나는 장성택입니다(전2권) 정광모 소설집
우리들, 킴(전2권) 황은덕 소설집
거기서, 도란도란(전2권) 이상섭 팩션집
*2018 이주홍문학상 선정도서

폭식광대 권리 소설집
생각하는 사람들(전2권) 정영선 장편소설
삼겹살(전2권) 정형남 장편소설
1980(전2권) 노재열 장편소설
물의 시간(전2권) 정영선 장편소설
나는 나(전2권) 가네코 후미코 옥중수기
토스쿠(전2권) 정광모 장편소설
*2016 세종도서 문학나눔 선정도서

가을의 유머 박정선 장편소설
붉은 등, 닫힌 문, 출구 없음(전2권)
김비 장편소설

편지 정태규 창작집
*2015 세종도서 문학나눔 선정도서

진경산수 정형남 소설집
노루똥 정형남 소설집
유마도(전2권) 강남주 장편소설
*2018 대한출판문화협회 청소년도서

레드 아일랜드(전2권) 김유철 장편소설
화염의 탑(전2권)
후루카와 가오루 지음 | 조정민 옮김

감꽃 떨어질 때(전2권) 정형남 장편소설
*2014 세종도서 문학나눔 선정도서

칼춤(전2권) 김춘복 장편소설
목화-소설 문익점(전2권) 표성흠 장편소설
*2014 세종도서 문학나눔 선정도서

번개와 천둥(전2권) 이규정 장편소설
*2015 부산문화재단 우수도서

밤의 눈(전2권) 조갑상 장편소설
*제28회 만해문학상 수상작

사할린(전5권) 이규정 현장취재 장편소설
테하차피의 달 조갑상 소설집
*2011 이주홍문학상 수상도서

무위능력 김종목 시조집
*2016 부산문화재단 올해의 문학 선정도서

금정산을 보냈다 최영철 시집
*2015 원북원부산 선정도서

### 인문

효 사상과 불교 도웅스님 지음
지역에서 행복하게 출판하기 강수걸 외 지음
재미있는 사찰이야기 한정갑 지음
귀농, 참 좋다 장병윤 지음
당당한 안녕-죽음을 배우다 이기숙 지음
모녀5세대 이기숙 지음
한 권으로 읽는 중국문화
공봉진 · 이강인 · 조윤경 지음
*2010 문화체육관광부 우수학술도서

차의 책 The Book of Tea
오카쿠라 텐신 지음 | 정천구 옮김

불교(佛敎)와 마음 황정원 지음
논어, 그 일상의 정치(전5권) 정천구 지음
중용, 어울림의 길(전3권) 정천구 지음
맹자, 시대를 찌르다(전5권) 정천구 지음
한비자, 난세의 통치학(전5권) 정천구 지음
대학, 정치를 배우다(전4권) 정천구 지음